MIX
Papier aus verantwortungsvollen Quellen
FSC® C014138
www.fsc.org

Originalausgabe
1. Auflage 2023

Text und Illustrationen: Dorothée Böhlke
Lektorat: Julia Mielewski und Constanze Albrecht
Grafische Bearbeitung: Katrin Wahl
Druck: Finidr, s.r.o., Lípová 1965, 737 01 Český Těšín,
Tschechische Republik
ISBN: 978-3-8337-4574-4

www.jumboverlag.de

Dorothée Böhlke

Billie und Stüx

Ein Pony fällt vom Himmel

JUMBO

1. Sauer macht nicht lustig!

Pang! Nach einem kurzen, rasanten Flug knallte das Buch gegen den Schrank in Billies Zimmer. Gut so, dachte Billie. Sollten Mama und Manu ruhig merken, wie wütend sie war. Es war absolut nicht einzusehen, dass sie immer wie ein Kleinkind behandelt wurde, nur weil sie die Jüngste war.

„Hey! Gehts noch?", brüllte ihr Bruder aus dem Nebenzimmer.

„Lass mich in Ruhe, Manu!", fauchte Billie zurück. Sie hockte sich mit dem Rücken zur Heizung auf den Boden. Jetzt musste sie erst einmal in Ruhe nachdenken.

Am Tag zuvor war eine Mail an Mama von Ian und Janet aus Kanada gekommen, Papas alten Geschäftsfreunden. Früher – das war, bevor Mama und Papa sich

getrennt hatten – war Papa oft nach Kanada gereist und hatte von dort immer schöne, und ein bisschen seltsame Sachen für Billie und Manu mitgebracht.

Einmal hatte Billie einen dreieckigen Wimpel mit einem roten Ahornblatt auf weißem Grund bekommen, die Nationalflagge Kanadas. Die hing jetzt mit Stecknadeln an die Wand gepinnt über ihrem Bett. Ein anderes Mal ein hübsches, handtellergroßes Walross aus Speckstein. Und auf der letzten Reise hatte Papa für Billie einen kleinen, bunt bemalten Totempfahl gekauft. Den bewahrte sie besonders sorgfältig auf. Er lag gut platziert auf dem Fensterbrett zwischen Muscheln, Schneckenhäusern, Vogelfedern und Steinen, die sie im vergangenen Sommer am Strand gesammelt hatte. Wenn ihr Blick auf das Fensterbrett glitt, fielen Billie immer Geschichten zu den Sachen ein.

Jetzt schrieben Ian und Janet, dass sie ein altes Blockhaus gekauft hatten. Mit Mama als Fachkraft wollten sie es reparieren und stilgerecht aufmöbeln. Mama machte solche Sachen super gut, sie war schließlich Restauratorin und hatte das studiert. Sie konnte toll malen und tischlern, wusste alles Mögliche über Holz und Antiquitäten.

Das Flugticket für Mama wollten Ian und Janet

bezahlen, als Teil von Mamas Honorar. Außerdem wollten sie ihr das Land zeigen und sie ein bisschen verwöhnen, schrieben Ian und Janet. Für Mama kochen, schöne lange Spaziergänge unternehmen, abends den Kamin anwerfen ... Sie waren ja auch Mamas Freunde, nicht nur die von Papa.

Eine tolle Idee, fand Billie. Sie mochte Ian und Janet. Die beiden waren unkompliziert und total lustig, das hatte sie gemerkt, als sie letztes Jahr während einer Deutschlandreise auch ein paar Tage bei ihnen zu Besuch waren. Und altes Blockhaus – na, das klang doch super! Natur pur, Whalewatching, Wälder, Bären, nix wie hin! Aber als Billie laut überlegte, was sie für die Reise einpacken müsste, meinte Mama: „Süße. Es tut mir leid, aber die Einladung gilt nur für mich allein. Da kann ich nicht einfach mit Anhang auflaufen, ich soll ja dort arbeiten. Und außerdem: Was glaubst du, was so ein Flugticket nach Vancouver kostet? Ich würde dich gern mitnehmen, ehrlich, aber es geht nicht."

Mama machte eine kleine Pause, dann fügte sie hinzu: „Wir reisen vielleicht nächstes oder übernächstes Jahr nochmal hin. Nur wir beide, hm?" Sie schaute Billie treuherzig an, mit diesem Wir-zwei-Mädels-Blick, den Billie nie so recht deuten konnte. Schon gar nicht in der Kombination mit *Süße*. Pah.

Was sollte das überhaupt heißen: Anhang? Hallo? Hing sie etwa an Mamas Rockzipfel, oder war es nicht eher umgekehrt? Sonst wurde Billie überall mitgeschleppt, ob sie wollte oder nicht, zu den langweiligsten Sachen! Als wollte Mama dauernd aufpassen, dass sie sich kein Bein brach oder in der Badewanne ertrank oder verloren ging. Ernsthaft! Und jetzt? Jetzt wollte sie mal von sich aus mit, und dann das.

Manu hatte es in der Diskussion mit Mama lässig gesehen und Billie allein gelassen mit ihrer Empörung, dieser Verräter. War ja klar, er sollte ja auch nicht zu Oma Gisela nach Bienenkoog! Das war bei dem Gespräch am Mittagstisch nämlich herausgekommen: Billie sollte beinahe die ganzen Ferien dort auf Omas Hof verbringen. Es war voll ungerecht, was Mama mit ihr vorhatte. Freiheitsberaubung war das, jawohl.

Wenn Mama meinte, Billie würde mit Oma in Bienenkoog schmoren, hatte sie sich verrechnet. Billie schnaubte. So leicht würde sie sich nicht ausbooten lassen. Wenn schon nicht Blockhaus, Bären und Rocky Mountains, dann würde sie mit ihrer besten Freundin Raffa – die eigentlich Raffaela hieß – hierbleiben und es sich mal so richtig gemütlich machen. Komme, was wolle.

2. Ein Käffchen am Polarkreis

Die Tür von Billies Zimmer öffnete sich. Billie wappnete sich innerlich. Es war Manu.

„Hey, Billie", sagte Manu, schlüpfte herein und schloss die Tür leise hinter sich. „Lass uns mal quatschen."

Billie war baff. Ihr großer Bruder wollte mit ihr *mal quatschen?* Den hatte bestimmt Mama geschickt. Was soll da schon kommen, dachte sie grimmig.

Manu setzte sich auf Billies Bett. „Mama sagt, sie hat sich was dabei gedacht, dich nach Bienenkoog zu Oma zu schicken."

Klar hat sie das, dachte Billie knurrig. Die will mich bei Oma parken! Dabei kenne ich die gar nicht richtig. Damit sie mit dem ruhigen Gewissen, ihr Kind unter Aufsicht zu haben, nach Kanada fliegen kann.

„Sie hat mit Oma telefoniert. Und Oma freut sich total. Sie möchte dich endlich richtig kennenlernen. Zuletzt hat sie uns alle gesehen, als du noch ganz klein warst. Noch bevor es den Hof in Bienenkoog gab. Und bevor sie mit Opa auf diesem Schiff angeheuert hat. Das war witzig, wir haben zusammen Seemannslieder gesungen und so. Kannst du dich erinnern?" Er wartete einen Moment. Aber Billie schwieg.

„Übrigens hat Oma jetzt einen Hund, sagt Mama."

Nee, ne?, dachte Billie. Ein Hund als Köder! Das war ja wirklich das Letzte. Wer weiß, ob das überhaupt stimmte.

„Und in Bienenkoog gibt es einen See und Wiesen und Wälder und Tiere. Fast wie in Kanada."

Ich will aber nach Echt-Kanada, dachte Billie wütend.

Es war eine Weile sehr ruhig im Zimmer. Dann brach Manu die Stille.

„Weißt du Billie, Mama muss arbeiten und Geld verdienen, nützt doch nichts. Diesmal fährt sie dazu eben ein bisschen weiter weg als sonst. Und du sollst nicht allein hierbleiben."

„Wieso allein?", schnaubte Billie, und merkte gar nicht, dass sie nun doch etwas gesagt hatte, obwohl sie das nicht wollte. Sie funkelte ihren Bruder wütend an. „Du bist doch auch hier! Und ich will was mit Raffa machen!"

Manu zuckte nicht mal mit der Wimper. „Ich werde viel unterwegs sein", sagte er großspurig, „und Raffa fährt in den Ferien weg, sagt Mama."

Wie bitte? Jetzt war Billie aber platt. Das hatte ihr Raffa ja gar nicht erzählt!

„Mensch, Billie, jetzt guck doch nicht so", sagte Manu. „Raffa weiß das noch nicht. Es soll eine Überraschung werden. Ihre Mutter hat es Mama vorhin am Telefon erzählt. Mama hat sie nämlich gefragt, ob du mit Raffa die Ferien verbringen könntest. Noch bevor sie Oma angerufen hat. Aber die Molzens haben eine Karibikreise gebucht. Da kannst du nicht mit. Das kann Mama sich nicht leisten."

Billie konnte es nicht fassen. Konnten denn alle machen, was sie wollten, außer ihr?

„Wenn du mich fragst, ich würds mal mit Bienenkoog und Oma versuchen", sagte Manu.

Billie murrte. Sie wollte sich nicht andauernd sagen lassen, was sie tun sollte! Andererseits ... Manu war ihr großer Bruder, und seine Ansichten waren ihr nicht egal. Auch wenn er echt nerven konnte. Vor allem, wenn er sie ärgern wollte und durchkitzelte, bis sie unter dem Tisch lag. Das machte er leider manchmal. Jetzt aber wuschelte er ihr nur kurz die Haare und verließ das Zimmer.

Billie überlegte. Wo war dieses Kaff, nein, *Käffchen* Bienenkoog überhaupt? Sie zog den Schulatlas aus dem Bücherregal und blätterte. Bienenkoog war nirgends zu finden. Na, das war ja zu erwarten gewesen. Billie wusste nur, dass es in Norddeutschland liegen sollte. Wahrscheinlich ein tristes Winznest, kurz vorm Polarkreis. Am liebsten wäre Billie ausgerissen. In Richtung Süden.

3. Zu Oma nach Bienenkoog

Die letzte Woche vor den Ferien verging ganz ruhig, ohne dass Mama ihre Pläne änderte oder Billie eine praktikable Lösung einfiel. Dann war der Tag der Abreise nach Bienenkoog da.

„Mach hin, Süße, sonst kommen wir in den Berufsverkehr", rief Mama Billie vom Flur aus zu.

„Ich bin nicht süß!", erwiderte Billie genervt aus ihrem Zimmer. „Kann ich denn nicht mal noch das eine Kapitel zu Ende lesen?", fragte sie. Aber Mama ignorierte ihre Worte geflissentlich, winkte Billie, ihr zu folgen, und lief mit ihrer großen Handtasche über der Schulter aus der Wohnungstür und die Treppe hinunter. Widerwillig nahm Billie ihren Rucksack und ging mit schleppenden Schritten hinterher.

Ich bin nicht süß, dachte sie immer noch wütend, als sie auf dem Rücksitz

von Mamas Kastenwagen saß und aus dem Fenster starrte. Im Auto roch es nach Holz und Möbelpolitur. Wahrscheinlich hatte Mama kurz vorher mal wieder eine restaurierte Kommode zu einem Kunden gebracht. Billies Blick glitt über die Felder und bewaldeten Hügel, an denen sie vorbeifuhren, sobald sie die Stadt hinter sich gelassen hatten. Während der Wagen brummte, wurde Billie schläfrig. Sie versank in einem ihrer üblichen Auto-Tagträume. Gleich neben der Straße stellte sie sich ein galoppierendes Pferd vor, mit wehendem Schweif und fliegender Mähne. Ein herrlicher Anblick! Seit sie denken konnte, wünschte sich Billie so sehr ein Pferd ...

Sie sah sich selbst auf dem Pferderücken, lässig ohne Sattel und Zaumzeug reitend. Natürlich! Denn Billie und ihr Traumpferd verständigten sich telepathisch. Locker und geschmeidig saß sie auf dem Pferderücken. In ihren Träumen konnte Billie supergut reiten. Sie seufzte.

Nach zwei Stunden bog Mama von der Autobahn ab und lenkte den Kastenwagen auf eine

Landstraße. Endlich, dachte Billie. Diese Asphalt- und Leitplankenöde war ja nicht mehr auszuhalten gewesen. Jetzt gab es wieder etwas zu gucken: Wäldchen, Pferdewiesen, Hügel, Häuser. Je weiter sie in den Norden fuhren, desto mehr veränderte sich die Landschaft, und die Hügel wurden weniger. Irgendwann wurde die Landstraße zu einer kleineren Landstraße, dann zu einer ganz kleinen. Schließlich passierten sie ein grünes Ortsschild, auf dem in krakeligen Lettern *Bienenkoog* stand. Das Auto rumpelte über Kopfsteinpflaster. Hinten im Laderaum klapperten ein paar Werkzeuge.

„Et voilà!", rief Mama vergnügt und bog in eine Allee mit prächtigen alten Kastanienbäumen ein.

„Sind wir da?", fragte Billie.

„Kann man so sagen", antwortete Mama. „Schau mal, ist es nicht schön hier?"

Das musste Billie widerwillig zugeben, sagte aber nichts. Sie rollten auf den Sandplatz vor einem reetgedeckten Haus. Das Auto hielt mit einem Reifenknirschen.

Da erstarrte Billie. Auf dem Platz stand ein lebensgroßer Tyrannosaurus Rex und bedrohte sie. Er hatte das Maul mit den spitzen Zähnen leicht geöffnet und schien bösartig zu grinsen. Seine Augen waren früher einmal Motorradlampen gewesen. Ein

Wahnsinniger musste sie diesem genialen Wirrwarr aus Metall und Holz hinzugefügt haben. Der Tyrannosaurus wirkte höchst lebendig.

Während Billie noch der Mund offenstand, kurbelte Mama die Seitenscheibe herunter. Sie legte zwei Finger in den Mund und pfiff gellend. „Das funktioniert bei Oma besser als Klingeln, besonders wenn sie gerade etwas Lautes bastelt", erklärte sie und blickte Billie im Rückspiegel an. Dann machte sie die Fahrertür auf.

Mit einem Mal kam Leben in die Gegend. Ein großer knickohriger Hund schoss bellend um die Hausecke, und eine seltsame Figur folgte ihm hüpfend. Sie trug eine Schürze aus Leder und auf dem

Kopf einen Helm. Sie gestikulierte wild mit den Armen und rief irgendetwas.

Billie wurde blass. Was, bitte, war DAS denn? In welchem Film war sie gelandet?

Mama aber begrüßte die Figur unerschrocken, lachte, nahm sie in die Arme und drückte sie.

Da rupfte sich die Figur den Helm vom Kopf und sah jetzt aus wie eine strubbelige Frau.

„Tach, min Deern", sagte die Frau strahlend zu Mama. „Viel zu lange nicht gesehen. Telefonieren ist doch man nicht genug. Gut siehst du aus." Sie trat einen kleinen Schritt zurück, um Mama zu betrachten.

Billie kriegte den Mund nicht mehr zu: Sollte das etwa ihre Oma sein?

„Hallo, Billie", wandte sich die Strubbelige an Billie und lächelte sie an.

Neinneinnein, dachte Billie erschrocken, das will ich nicht! Ich muss hier weg. Gar nicht erst aussteigen. Sie verkrümelte sich in ihr Inneres, machte die Augen zu und hielt die Luft an. Da ging die Autotür auf, Sonnenlicht flutete herein und durch Billies geschlossene Lider. Mama beugte sich über sie hinweg und drückte auf den Knopf des Sicherheitsgurtes. Surrend glitt der Gurt weg und gab Billie frei.

„Willst du nicht aussteigen?", fragte Mama.

Billie schüttelte nicht einmal den Kopf, so verwirrt war sie, aber sie machte die Augen auf.

Der Hund kam um das Auto herum, schob sich neben Mama und legte eine warme Pfote auf Billies Knie. Er schaute sie mit einem wissenden Blick an. Und damit war es um Billie geschehen. Dieser Hund, so komisch er aussah, musste ihr Freund sein. Das wusste Billie sofort. Anders war es gar nicht möglich. Sie kletterte aus dem Auto.

Die Strubbelige sah zu ihr herüber. „Na, Billie, wie stehts, wollen wir uns miteinander warmmachen bei Kakao und Kuchen?", fragte sie und stemmte dabei fröhlich die Hände in die Seiten. Billie nickte resigniert. Sie spürte einen Knuff in die Seite, das war Mama.

„Jetzt sag mal Hallo zu Oma, du bist ja voll peinlich."

Aber bevor Billie tatsächlich etwas sagen konnte, legte Mama fest den Arm um Billie und führte sie hinter Komisch-Oma, die bereits voranstapfte, zum Haus.

Im Flur roch es nach Holz, würzig, mit einer deutlichen Spur Apfelkuchen. Eine Treppe mit geschwungenem Handlauf führte nach oben. An der Wand gegenüber der Haustür hing ein riesiger Fisch. In einem majestätischen Bogen erhob er sich aus gemalten Wellen. Sein Auge beobachtete prüfend alles und jeden im Flur. Sein langes Schnabelschwert, oder wie nannte man das?, stach in die Luft.

„Das ist ein Marlin, ein Schwertfisch", erklärte Oma, die Billies Blick bemerkte. „Habe ich aus der Karibik mitgebracht."

Billie befühlte den Körper des Fischs. Er sah absolut echt aus. Aber er war aus kunstvoll geschnitztem und bemaltem Holz.

Sie folgte Oma und Mama in die Küche und sah sich dort um.

Die Küche war hell und freundlich und sehr gemütlich eingerichtet. Von der Decke hing an zwei

Nylonfäden ein Miniaturdampfer aus Blech. Offenbar hatte Oma Sinn für Spielkram. Am Fenster stand ein Tisch mit einer karierten Tischdecke, einem Krug mit frischen Blumen und Kaffeegeschirr für drei Personen. Der Geruch nach Kuchen war hier sehr intensiv. Billie merkte, dass sie Hunger hatte. Da spürte sie etwas an ihren Fingern und schaute nach unten. Der ulkige Hund schnupperte an Billies Hand und wedelte mit dem Schwanz.

„Wie heißt denn der Hund?", fragte sie Oma wenig später mit vollem Mund. Oma, Mama und sie hatten sich am Tisch niedergelassen. Vor Billie stand ein Becher mit Kakao, und Oma hatte ihr ein großes Stück Apfelkuchen auf den Teller geschoben. Der Kuchen schmeckte wirklich toll, das musste man Oma lassen.

„Lässi", sagte Oma jetzt und nahm einen Schluck Kaffee aus ihrem buntgemusterten Becher. „Und es ist eine Sie."

„Ist nicht dein Ernst, oder?", rutschte es aus Billie heraus.

„Doch, wenn du genau an ihrem Bauch guckst, siehst du, dass sie eine Hündin ist …"

„Ich meine: der Name! Lässi? Das ist doch ein Collie! Und das hier ist …"

„Ja, ich weiß, meine Lässi ist kein Collie. Aber ein erstklassiger Spürhund. Klug und treu wie Gold. Dabei absolut lässig. Daher der Name", erklärte Oma ruhig.

Lässi sah auf, als sie ihren Namen hörte und schien Billie anzulächeln. Einen Moment lang herrschte Stille in der Küche, man hörte nicht einmal eine Fliege husten.

Da musste Billie plötzlich losprusten. Kuchenkrümel flogen ihr aus dem Mund. Es riss sie förmlich fort, wie eine Welle. Die Tränen kamen ihr vom Lachen, bis Mama und Oma irgendwann mit einfielen. Oma wie ein gluckernder Bach und Mama so wie … Mama eben.

Damit war es besiegelt: Billie, Oma und Lässi konnten es ganz bestimmt eine Zeit lang miteinander aushalten.

4. Eine Kajüte unterm Dach

„So Billie, jetzt zeige ich dir und deiner Mama eure Kojen", sagte Oma, als sie sich wieder eingekriegt hatten. „Schnappt euch mal eure Sachen."

Billie nahm schnell ihren Rucksack und kletterte mit Mama hinter Oma die schmale Holztreppe hinauf. Oben angekommen öffnete Oma eine Tür.

„Zuerst die Kajüte für die große Deern", sagte sie. Die Tür schwang auf und gab den Blick frei auf ein kleines Zimmer mit einem Schlafsofa. Auf dem Sofa türmten sich Kissen und Bettzeug. Dann ging es noch ein paar weitere Stufen hinauf, wo Oma eine weitere Tür aufstieß.

„Und das ist dein Reich für die nächsten vier Wochen, Billie", sagte sie und wies mit einer fast feierlichen Handbewegung in das Zimmer, das direkt unter dem Dach lag. Ein Bett mit bunter Tagesdecke, ein grüngepolsterter Sessel mit einem kleinen Tisch davor, ein Regal mit Büchern, ein hübscher, wildgemusterter Orientteppich auf dem Holzboden. Zwischen den Vorhängen hindurch blickte man in den Garten. Dort standen Apfelbäume und reckten ihre Äste bis fast ins Zimmer hinein. Billie öffnete das Fenster und lehnte sich hinaus.

Auf einem Zweig gegenüber saß ein Rotkehlchen und beäugte sie. „Hey", sagte Billie. Das Rotkehlchen legte den Kopf schief und flog davon.

„Na, kommst du klar?", fragte Mama, die auch nach oben gekommen war.

Billie drehte sich um. „Ich glaub schon", antwortete sie langsam. „Obwohl es keine Alternative zu Kanada ist", fügte sie noch hinzu, als sie sich sicher war, dass Oma es nicht hören konnte.

Mama lächelte. „Abwarten", sagte sie geheimnisvoll.

„Pff", machte Billie.

5. Einführung bei Hofe

Jetzt wollte sich Billie den Hof angucken. „Ja, denn man tau", sagte Oma, was so viel hieß wie: Ja, dann los! „Fang mal mit dem Stall an und begrüß Muck und Basil. Das sind meine Ziege und mein Hahn, die lassen sich sehr gerne streicheln. Danach zeige ich dir den Rest." Und damit war sie, schwupp, schon wieder weg und in Richtung Werkstatt gehüpft.

Es gab auf Omas Hof neben dem Wohnhaus einen weißgetünchten Stall, eine kleine Scheune und die Werkstatt. Dahinter lag der Obstgarten, den Billie von ihrem Zimmerfenster aus schon gesehen hatte.

Neugierig öffnete sie die Stalltür. Die Tür hing ein bisschen schief in den Angeln, aber sie ließ sich tadellos öffnen. Kein Quietschen oder Knarren. Drinnen war es angenehm dunkel nach dem grellen Sonnenlicht draußen.

Als Billies Augen sich daran gewöhnt hatten, nahm sie eine Bewegung im Stroh wahr. Dann raschelte es. Die Bewegung wurde zu einem befederten Kopf mit Schnabel. Ein Hahn mit einem prächtigen roten Kamm tauchte aus dem Strohwirrwarr auf. Da stupste sie jemand kräftig in den Rücken. Billie drehte sich um. Eine kleine, grau-weiß gefleckte Ziege stand vor ihr.

Ist die süß, dachte Billie und streichelte die Ziege, während diese ihren Kopf an Billies Bein rieb.

Da kam Oma um die Ecke, mit Mama im Schlepptau.

„Soll ich dir jetzt die Werkstatt zeigen?", fragte Oma und hüpfte schon wieder voraus.

Dass eine Oma ständig hüpfen musste, war Billie neu. Es war aber irgendwie in Ordnung und auch ein bisschen lustig. Es passte zu Oma Gisela.

6. Das kreative Chaos

Sie überquerten den Sandplatz mit dem Tyrannosaurus und betraten das flache Gebäude, in dem sich die Werkstatt befand. Billie staunte. Wie sah es denn hier aus? Die Werkstatt war ein großer rechteckiger Raum, vollgestopft mit Metallgerümpel und anderem Zeugs. Alte Fahrradfelgen, Holzbretter, Schrauben, Zahnräder, verrostete Autoteile, große Spiralfedern und Dinge, von denen Billie kein bisschen erkennen konnte, was sie waren. An der Wand klebten auf einer Magnetleiste diverse Schraubenschlüssel, eine kleine Säge und anderes Werkzeug. Es war sowas von unaufgeräumt – ganz anders als Mamas Restauratorinnenwerkstatt zu Hause. Dort war alles picobello ordentlich. Und zwar ständig. Stichprobensicher!

„Sonst kann ich nicht arbeiten", meinte Mama immer. „Ohne Ordnung keine Chance."

„Hier siehts ja aus!", sagte sie jetzt gerade zu Oma. „Dass du dich hier zurechtfindest!"

„Ja", antwortete Oma vergnügt, „das muss so sein. Sonst kann ich nicht arbeiten! Ohne ausreichend Material und kreatives Chaos keine Kunst."

Billie grinste. Omas Einstellung gefiel ihr.

Im hinteren Teil des Raumes entdeckte sie eine seltsame Metallkiste auf Rädern. Daraus hing ein schwarzer Schlauch, dessen eines Ende in eine Düse mündete. Ein paar Knöpfe befanden sich an der schmalen Seite der Kiste, zum An- und Ausschalten vermutlich. Ein Schweißgerät!, dachte Billie. Und dort lag auch der merkwürdige Helm, den Oma bei Billies Ankunft getragen hatte. Eine Schweißermaske, begriff sie jetzt. Natürlich! Denn Oma schweißte aus dem ganzen Schrott in der Werkstatt seltsame Figuren zusammen, so wie den Tyrannosaurus auf dem Sandplatz. Am Werkstattfenster

stand schon ein Kranich mit gespreizten Flügeln, ein Metallhund lag vor ihm auf dem Boden, ein Büffel mit einem riesigen Fellkragen aus rostigen Spänen war halb fertig und: ein Pferd aus Metallstreifen. In das Pferd verliebte sich Billie sofort.

„Oma, das sieht toll aus!", sagte sie und ging näher an die Figur heran, um sie genauer anzusehen.

„Ich weiß einfach nicht, ob es schon fertig ist – was meinst du?", fragte Oma.

„So ist es perfekt", sagte Billie und meinte es auch so. „Bringst du mir bei, wie man Skulpturen schweißt?"

„Klar!", sagte Oma schlicht und ignorierte Mama, die gerade den Mund öffnete, um etwas zu sagen.

7. Koje und Käuzchen

Es dämmerte draußen, als Billie sich in ihr Zimmer unter dem Dach zurückzog und ihre Sachen auspackte. In der Kommode war genügend Platz für alles, was Billie dabeihatte. Das Auspacken war schnell erledigt. Da hörte Billie Schritte auf der Treppe. Mamas Kopf erschien im Türspalt. „Wie wärs mit Abendbrot?", fragte sie.

„Okay." Billie stapfte mit Mama die Treppe hinunter, und dann setzten sie sich mit Oma an den Tisch. Es gab Butterbrote, und sie spielten eine Runde Karten nach der anderen, bis der Ruf eines Vogels zu hören war.

„Ah, das Käuzchen!" Oma horchte. „Wenn das man nicht bedeutet, dass wir in die Kojen sollten! Guter Schlaf ist wichtig, wenn man am nächsten Tag was Schönes erleben will", sagte Oma geheimnisvoll zu Billie und wackelte mit dem Kopf.

„Was hast du denn vor?", fragte Billies Mama misstrauisch.

„Billie hat was vor!", gab Oma zurück und machte eine umfassende Armbewegung Richtung Fenster. „Da draußen warten Abenteuer, Spaß und neue Freunde auf deine Tochter!"

„Ach so", sagte Mama. „Das stimmt natürlich."

„See, Wald, Wiesen, Jenny ...", sagte Oma.

„Jenny? Wer ist das?", fragte Billie.

Oma lächelte. „Jenny vom Forellenhof ist ein Mädchen, das im Dorf wohnt. Ihr werdet euch bestimmt mögen."

Hm, dachte Billie misstrauisch. Woher wollte Oma das wissen?

Sie gingen gemeinsam die Treppe hinauf, und Oma winkte Billie und ihrer Mutter zu.

„Gute Nacht, schlaft schön, *sleep well in your* klapprig Bettgestell."

„Och, Mama, dieser olle Spruch ... Gute Nacht."

„Nacht", sagte auch Billie.

Ihre Mutter drehte sich noch einmal zu ihr um. „Zähneputzen nicht vergessen!"

„Jaja", sagten Oma und Billie im Chor.

Sie verschwanden jede hinter ihrer Tür. Als Billie sich kurz darauf im Bett zusammenrollte, fragte sie sich, wie man bloß *Jenny vom Forellenhof* heißen konnte. Hoffentlich war diese Jenny okay. Kein Kanada war schon schlimm genug, fand Billie. Da brauchte sie nicht noch ein Mädchen, das so komisch war wie ihr Name.

Mama und Oma waren schon wach und machten zusammen Frühstück, als Billie am nächsten Morgen die Treppe zur Küche hinterging. Der Tag konnte beginnen.

Zunächst aber hieß es Abschied nehmen von Mama. Die kramte gerade im Bad herum und stopfte ihre Zahnbürste umständlich in die Kulturtasche.

„Ich muss jetzt mal langsam los", sagte sie kurze Zeit später, als sie wieder in die Küche kam, wo Billie und Oma noch saßen.

Irgendetwas stimmt hier nicht, dachte Billie, während sie Mama ansah. Warum klingt sie so komisch? Mama drückte Billie ziemlich fest, als sie auf dem kleinen Sandplatz vor dem Haus standen, um sich zu verabschieden.

„Mama, ich krieg keine Luft!", keuchte Billie.

„Egal", sagte Mama, ließ aber los und lächelte irgendwie schief. Warum glänzten ihre Augen so?

Dann umarmte Mama Oma Gisela, die komischerweise mal gar nichts sagte und Mama nur kräftig zurückumarmte. Etwas zu forsch, wie um sich selbst zu überzeugen, öffnete Mama dann die quietschende Fahrertür, kletterte hinter das Lenkrad und kurbelte von innen die Scheibe herunter. Sie sah Billie wortlos an.

„Tschüss, Mama", sagte Billie durch die Öffnung

in den Kastenwagen hinein und gab Mama einen Kuss auf die Wange.

„Tschüss, meine Billie", sagte Mama und schniefte ein bisschen, und zu Oma gewandt: „Tschüss Mama. Habt es richtig schön, und macht bitte nicht zu viel Quatsch."

Damit drehte sie entschlossen den Zündschlüssel, und der Motor sprang mit einem verschlafenen Husten an. Der Sand unter den Reifen knirschte wie am Tag ihrer Ankunft in Bienenkoog. Der Tyrannosaurus bleckte stumm grinsend die Zähne, was aber nichts zu bedeuten hatte, das machte er ja immer, und Oma und Billie winkten, bis das Auto am Ende der Allee abbog und verschwand.

Als es endgültig nicht mehr zu sehen war, klopfte Oma sich etwas unsichtbaren Staub von der Hose, räusperte sich umständlich und sagte: „So, freie Bahn!"

Billie sah sie fragend an. Auch Omas Augen glänzten komisch.

„Hm, tja ... Ich muss jetzt ein bisschen arbeiten", platzte Oma heraus. „Ein Rhinozeros aus Stahl für den Tierpark in Niesendörp. Eine Auftragsarbeit. Da muss ich mich leider ranhalten. Was meinst du, kommst du bis zum Mittag klar? Erkundest du in der Zwischenzeit ein bisschen die Gegend?"

„Sicher", sagte Billie.

„Gut! Nimm Lässi mit, die kennt sich aus. Um halb eins gibts Essen, Labskaus. Okay?"

„Okay", sagte Billie vorsichtig. Was war denn bloß Labskaus?

„Gut, so mok wi datt!", sagte Oma, was so viel hieß wie: Gut, so machen wir das!, und hüpfte in Oma-Manier hinüber zur Werkstatt.

Billie sog die Luft ein. Es roch nach Sommer und Ferienanfang, ein leichter Wind umschmeichelte sie. Schöne alte Apfelbäume standen auf einer Wiese, und Billie bekam sofort Lust, auf einen von ihnen hinaufzuklettern. Gleich der erste direkt vor ihr schien

ihr bestens geeignet. Geschickt griff Billie in sein Geäst und suchte mit den Füßen Halt. Stück für Stück zog sie sich nach oben.

Als sie schließlich auf dem dicksten Ast im Geflirr der Blätter saß, betrachtete sie den Garten unter sich. Der Ausblick war grandios.

8. Eine Seefahrt, die ist lustig

Die Apfelwiese erstreckte sich ein gutes Stück bis zu einem ramponierten Zaun. Dahinter lag ausgerollt wie ein grüner Teppich eine Kuhweide. Genau dort, wo eine besonders große Lücke im Zaun war, bewegte sich jetzt etwas. Billie hörte ein Rascheln. Aber sie konnte nichts erkennen. Was für ein Tier war das eben gewesen? Ein Fuchs? Ein Hase? Nein, es musste etwas Größeres gewesen sein. Wahrscheinlich ein Reh. Billie verhielt sich ganz still und hielt den Atem an, solange sie konnte. Aber es rührte sich nichts mehr. Schade. Billie holte wieder Luft und nahm sich vor, später wiederzukommen. Dann würde sie ein Fernglas mitnehmen und von oben die Gegend absuchen.

Sie kletterte wieder hinunter. Lässi, die faul in der Sonne neben dem Baum lag, hob wachsam den Kopf.

„So, jetzt schaue ich mir mal dieses Käffchen an. Kommst du mit?", fragte Billie. Lässi erhob sich schwanzwedelnd. Toll, dachte Billie, eigentlich wie ich es mir immer vorgestellt habe! Jetzt fehlte nur noch ein Pferd.

Bienenkoog war ein kleines Dorf ohne Allüren. Kein Kino, kein Laden, keine Kirche. Völlig firlefanzfrei, hatte Mama neulich gesagt. Es gab nur wenige Häuser. Die größten davon waren Bauernhöfe. In ihrer Mitte hatte es sich eine begrünte Verkehrsinsel gemütlich gemacht. Darauf thronte ein steinerner Bienenkorb. Steinerne Bienen in Überlebensgröße krabbelten darauf herum. Wahrscheinlich war das das Wahrzeichen von Bienenkoog. So wie der Eiffelturm von Paris.

Sie sah sich um. Auf einem Wegweiser stand: „Frische Forellen, 150 m links". Aha, dachte Billie. Das

ist garantiert der Forellenhof von dieser Jenny. Den spare ich mir aber auf.

Mit Lässi immer in Sichtweite lief sie kreuz und quer durch das Dorf, bis es Zeit zum Mittagessen war. Statt Labskaus machte Oma Eierpfannkuchen, denn als Billie hörte, dass Labskaus unter anderem aus Pökelfleisch und roter Bete bestand, wollte sie lieber verzichten.

Nach dem Essen rannte Billie sofort wieder hinaus, sie wollte endlich zum See! Lässi klebte an ihrer Seite. Nach ein paar Metern lief sie dann voraus und zog das Tempo an. Offenbar wusste sie, wohin es gehen sollte.

„Ja genau: Zum See, Lässi!", rief Billie fröhlich und fing an zu hüpfen, ohne es zu merken, fast wie Oma.

Und was für ein See das war! Glitzernd und blau lag er da, so wie der Himmel darüber, und er war umgeben von einem grünen Schilfgürtel, in dem der Wind raschelte. Billie blieb stehen. Lässi hatte sie zu einem kleinen Strand geführt, an dem ein Boot lag. Es war ein Ruderboot aus Holz, hatte zwei Bretter als Sitzbänke, und auf dem Boden des Boots lagen zwei Ruder. Auf den Bootsrand hatte jemand mit krakeligen Buchstaben *Gisela* gemalt. Ganz klar:

Dieses Boot musste Oma gehören. Mit einem Satz sprang Lässi in das Boot, sodass es schaukelte. Billie kletterte hinterher.

Das Boot schwankte jetzt noch mehr, aber das machte Billie nichts aus. Sie griff nach den Rudern, steckte sie in die Halterungen, zog kräftig und beugte sich nach hinten. Und tatsächlich, das Boot bewegte sich! Bis es mit einem heftigen Ruck zum Stillstand kam.

Wir sind aufgelaufen!, dachte Billie erschrocken. Ein Riff, eine Sandbank, oder ein Pottwal! Da fiel

ihr Blick auf den Strick, mit dem das Boot an einem Baum befestigt war. Au Mann, wie peinlich, das hatte sie total übersehen. Ach, was solls, dachte sie. Dann mache ich es mir einfach hier gemütlich.

Billie holte die Ruder ein und verstaute diese auf dem Boden des Boots. Sie ließ ihre Hand über Bord ins Wasser hängen und genoss seine Kühle.

Ob Mama wohl schon zu Hause angekommen ist?, fragte sie sich. Nein, das konnte nicht sein. Die Fahrt nach Bienenkoog hatte stundenlang gedauert. Sicher war Mama im Moment noch auf der Autobahn unterwegs.

Wasserpflanzen, die aussahen wie Spargelkraut, schwankten träge hin und her. Dazwischen schossen kleine, silberne Fische herum und holten Billies Gedanken wieder zurück.

Als ihr der Kopf von der Sonne zu warm wurde, beschloss Billie, wieder zu Omas Hof zurückzukehren. Sie kletterte über den Bootsrand und hüpfte auf den Strand. Ihre Turnschuhe wurden nass. Mist. Aber die wurden ja auch wieder trocken.

Nachher würde Billie Oma nach Seemannsknoten fragen, beschloss sie. Dann könnte sie lernen, wie man ein Boot richtig festmachte. Garantiert kannte Oma alle Knoten. Schließlich war sie mit Opa zur See gefahren.

Ein leichter Wind streichelte Billie und Lässi, während sie nach Hause zuckelten, vorbei an einem wogenden Getreidefeld und der großen Kuhwiese.

9. Treffen bei Mondlicht

Als sie den Hof erreichten, war Oma nirgends zu sehen, nur Basil, der große Hahn, flatterte auf das Stalldach, und Muck, die kleine grauweiße Ziege, zupfte Gras auf der Apfelwiese. Ansonsten war es still.

„Oma! Bist du hier?", rief Billie und öffnete die Tür zur Werkstatt.

Drinnen saß Oma auf einem Schemel, in den Anblick eines ihrer Metallgebilde versunken.

„Oma?", sagte Billie und kam näher. „Ist alles in Ordnung?"

Oma schaute hoch. „Ah, da bist du ja, Billie. Gut, dass du kommst. Sag mir mal, was du davon hältst." Sie deutete mit einer Bewegung ihres Kinns auf das Gebilde.

Billie sah genauer hin, konnte aber beim besten Willen nicht erkennen, was es darstellen sollte.

„Was ist das, Oma?", fragte sie und umrundete das Metallding.

„Meine heutige Arbeit, beim Klabauter! Eigentlich der Beginn eines Nashorns – und jetzt *das*. Ich fürchte, ich muss noch einmal von vorn anfangen." Oma seufzte grimmig. Dann stand sie auf.

„Na los, Feierabend für heute. Man muss wissen, wenn man verloren hat, und sich nicht in was verrennen." Damit schob sie Billie aus der Werkstatt.

Sie verbrachten den Abend mit Radiomusik, Saftschorle und Seemannsknotenübungen. Billie hatte richtig getippt: Oma kannte alle wichtigen Knoten. Also wirklich *alle*.

Als es langsam dunkel wurde, gähnte Billie verstohlen und Oma verkündete, es sei jetzt Zeit für die Koje.

„Acht Glasen! Das bedeutet das Ende der Wachzeit auf einem Schiff und hier auf dem Bienenhof!", sagte sie und gähnte ebenfalls. Bereitwillig stieg Billie mit Lässi die Treppe hinauf und warf sich auf ihr Bett. Lässi rollte sich ohne zu zögern auf dem bunten Teppich zusammen.

„Nacht, Oma!", brüllte Billie nach unten, wo Oma noch herumräumte und „Nacht, Billie!" nach oben zurückbrüllte.

Billie holte ihr Handy hervor und schrieb eine Nachricht an Raffa. Hoffentlich kam die in der Karibik auch an. Immerhin lagen gerade mehr als achttausend Kilometer und ein Riesenozean zwischen ihr und ihrer Freundin. Beinahe sofort nach dem Tippen fielen ihr die Augen zu. Die Antwort von Raffa sah sie nicht mehr.

Als Billie tief und fest vor sich hin schnarchte, hob Lässi den Kopf und spitzte die Ohren – sofern man bei langen Knickohren von *spitzen* sprechen kann. Mit der Schnauze stupste sie Billies aus dem Bett hängende Hand an. Erst zart, dann immer nachdrücklicher, bis Billie endlich reagierte.

Mühsam öffnete Billie ein Auge und kraulte Lässi hinter den Ohren. Ein Käuzchenruf war zu hören. Da setzte sich Billie im Bett auf und rieb sich die Augen. Fahles Mondlicht fiel ins Zimmer. Seltsam, aber ... Irgendetwas war anders als vorher. Warum sollte Lässi sonst so angespannt sein? Barfuß tappte Billie ans Fenster und sah hinaus.

Da bewegte sich doch etwas im Apfelgarten! Ein Schatten unter den Bäumen ganz weit hinten, genau dort, wo die große Lücke im Zaun klaffte. Billie zog die Stirn in Falten und versuchte angestrengt, etwas zu erkennen. Langsam, langsam wurde der dunkle Umriss eines großen Tieres sichtbar. Eine Kuh? Oder ein Hirsch? Es hatte dunkles und helles Fell zugleich und einen langen Schwanz. Also schon mal kein Hirsch, dachte Billie. Die Nase hatte es am Boden im Gras. Als es den Kopf hob, konnte Billie Halme aus seinem Maul hängen sehen. Plötzlich ging der Blick des Tieres in Billies Richtung, zum Fenster – und Billie zuckte zurück. Konnte das Tier sie hinter der Scheibe sehen? Sie hielt ganz still und versuchte, noch genauer hinzusehen. Sie konnte es kaum glauben: Das war keine Kuh ... Das war doch ein Pferd! Beim Klabauter!, wie Oma sagen würde. Billie wagte kaum zu atmen. Tatsächlich: Ein richtiges kleines Pferd stand in Omas Apfelgarten.

Das Pferd schüttelte den Kopf und die Mähne mit dem dicken Schopf über der Stirn und machte ein paar Schritte auf das Haus zu. Es war braun-weiß gescheckt, und eine schmale Blesse zog sich von der Stirn bis hinunter zu den Nüstern. Sein Schweif war beinahe ganz weiß.

Wie kam das Pferd in Omas Garten? Wahrscheinlich irgendwo ausgebrochen, dachte Billie. Sofort fasste sie einen Entschluss.

„Bleib lieber hier, wer weiß, was das Pferd von Hunden hält", flüsterte sie Lässi zu und tätschelte ihr den Kopf. Sie ging hinaus und machte die Zimmertür direkt vor Lässis Hundenase hinter sich zu. Mit einem Seufzer legte sich Lässi wieder hin und legte den Kopf auf die Pfoten.

Vorsichtig schlich Billie ganz am Rand der Treppe hinunter zum Flur. Hoffentlich knarrten die alten Holzstufen nicht! Aber nein, sie hatte Glück, alles blieb still.

Unten öffnete sie leise die Haustür und huschte hinaus. Einmal ums Haus gelaufen, und schon breitete sich der Apfelgarten im Mondlicht vor ihr aus. Das Pferd stand immer noch genau dort, wo sie es vom Fenster aus entdeckt hatte. Mit erhobenem Kopf sah es in Billies Richtung, und man konnte beinahe spüren, wie es fluchtbereit alle Muskeln anspannte. Jetzt nur nichts falsch machen, sonst haut es ab, dachte Billie.

Sie hatte gelesen, dass Pferde sehr neugierig werden und von selbst auf einen zukommen, wenn man sich überhaupt nicht um sie kümmert. Deshalb versuchte sie, völlig uninteressiert zu wirken. Wie man das machte, wenn man im Inneren eigentlich total aufgeregt war, wusste Billie zwar nicht, aber sie versuchte es.

Das Pferdchen hatte unterdessen wieder die Nase ins Gras gesteckt und knabberte an den saftigen Halmen in Omas Apfelgarten. Dabei ließ es das Mädchen aber nicht aus den Augen.

Billie setzte sich so langsam wie möglich auf den Boden und tat so, als würde sie ebenfalls Gras rupfen. Natürlich nicht mit dem Mund, sondern mit den Händen. Sie griff beherzt in die Wiese, riss ab, was sie erwischte, und hielt sich eine Handvoll Gräser und Gänseblümchen vor die Nase. Essen wollte sie das Gras natürlich nicht, aber sie schnupperte sehr angestrengt daran. Dabei beobachtete sie das Pony aus den Augenwinkeln. Wie gut das Gras roch! Weil Billie in der Stadt wohnte, hatte sie bisher wenig Gelegenheit gehabt, ihre Nase in Wiesengras zu stecken. Das hier war etwas ganz anderes als der Rasen in den Parks bei ihr zu Hause. Der Duft gefiel ihr so gut, dass sie gleich ein weiteres Büschel abrupfte und es sich vors Gesicht hielt. Jetzt war sie tatsächlich ganz vertieft und achtete auf nichts anderes mehr …

Erstaunt hob das Pony den Kopf. Was machte die denn da? Warum aß dieser kleine Mensch denn nicht, was er so dicht vor seine Nase hielt? Einen Moment lang vergaß es, zu kauen. Aus seinem Maul hingen ein paar gelbe Butterblumen.

Zwei Sekunden später aber hatte es mit einem Kopfschütteln seine Nase wieder in die Wiese gesteckt. Gemütlich rupfte und malmte es Gräser und Kräuter. Nichts deutete darauf hin, dass das Pony Billies Existenz noch weiter wahrnahm.

Düwel ook, was macht denn die Deern da draußen? Und wie kommt das Pony in meinen Apfelgarten?, dachte Oma Gisela, die das Ganze vom Fenster ihres Schlafzimmers aus beobachtete. „Ein Pony und ein Mädchen, und beide tun so, als ob sie sich nicht bemerken? Das wird noch Geschichten geben, beim Klabauter!", murmelte sie. In einem gestreiften Pyjama stand sie hinter der Scheibe und zog die Augenbrauen zusammen.

Billie saß weiter mit dem duftenden Grasbüschel in den Händen auf der Wiese, langsam fand sie dieses Pferdezähmen anstrengend. Am liebsten hätte sie es sich einfach im Gras gemütlich gemacht. Viel bequemer ist es doch so, dachte sie und ließ sich langsam nach hinten kippen.

Über ihr und dem Apfelgarten wölbte sich wunderbar und unendlich das Universum. Wie ein leuchtender Pfannkuchen stand der Vollmond mitten darin und sah irgendwie lecker aus. Was für ein wundervoller Anblick. Vielleicht entdeckte sie ja sogar noch Sternschnuppen am Himmel?

Da schnaubte es leise neben Billie. Sie fuhr hoch. Das Pferd! Schwarz und plötzlich riesig hob sich seine Silhouette vom Nachthimmel ab. Direkt neben ihr!

Billie wurde es mulmig. So platt am Boden liegend war es etwas völlig anderes, mit einem Pferd zu tun zu haben, als wenn man aufrecht stand. Was, wenn es plötzlich beschloss, zu beißen oder zu treten? Oder beides? Aber nein: Ganz friedlich rupfte es weiter Halm um Halm. Wie wunderschön, dieses Geräusch, dachte Billie. Daran konnte man sich gewöhnen. Natürlich nur, wenn man nicht selbst ein Grashalm war.

Sie stützte sich vorsichtig auf den Ellenbogen und erhob sich dann ganz langsam, Stück für Stück, bis sie auf den Füßen stand. Leise sprach sie das Pony an. Dazu streckte sie ihre Hand aus. Ganz vorsichtig machte sie noch einen Schritt auf das Tier zu, bis sie seine Nase mit der Hand erreichen konnte. Das Pony guckte. Seine dunkelbraunen Ohren waren gespitzt, und seine Nüstern bebten. Eine ziemliche Weile verging. Das Pony atmete hörbar aus. Billie auch, aber ganz leise. Ansonsten passierte erst einmal nichts.

Mit einem Mal stieß das Pferdchen ein heftiges Schnauben aus und schubste Billie mit der Nase um. Zack! Billie hatte keine Sekunde Zeit, zu reagieren oder sich irgendwo festzuhalten. Mit den Armen rudernd fiel sie einfach hintenüber und lag im Gras.

Interessiert guckte das Pony sie an. Billie schnappte nach Luft. Es war alles so schnell gegangen! Und jetzt kam es Billie so vor, als würde das Pferdchen sie angrinsen. Komisch. Auch Lässi konnte ja lächeln, aber dieses Ponygrinsen war anders. Es war eindeutig frech.

„Du …!", sagte Billie. Und dann musste sie selbst grinsen. Dem Pony hingen schon wieder ein paar Grashalme aus dem Maul. Es schnaubte leise und knickte erst in den Vorderbeinen ein, dann mit den Hinterbeinen und legte sich ins Gras. Nun war sein Kopf mit Billie auf einer Höhe.

Wie heißt du?, dachte Billie, sprach es aber nicht laut aus. Wie hätte das Pony auch antworten sollen? Sie konnten sich bestimmt besser telepathisch verstehen, so wie in ihren Tagträumen! Also wartete Billie auf eine Gedankenübertragung. Der Name schwebte irgendwo zwischen ihnen.

Als Oma Gisela die Treppe hinuntergeeilt war und um die Ecke des Hauses bog, bot sich ihr ein besonderer Anblick: Das Pony döste mit halbgeschlossenen Augen im Gras des Apfelgartens, und an seinen runden Bauch geschmiegt lag Billie und schlief.

Düwel ook, dachte Oma schon wieder. Das passierte ihr einfach, wenn sie überrascht war. Und obwohl sie ordentlich in der Welt herumgekommen war, staunte sie jetzt. So etwas hatte sie noch

nicht gesehen. Und schon gar nicht auf ihrer Apfelwiese.

Nach einem kleinen Moment, in dem Oma nachdachte, drehte sie sich um, hüpfte zurück ins Wohnzimmer und holte eine Decke vom Sofa. Die legte sie sacht über Billie. Das Pony wackelte mit den Ohren. Oma blickte es streng an. „Du passt mir gut auf, hörst du?", sagte sie leise. Sie wusste, dass Tiere einen leichten Schlaf haben und war überzeugt,

dass dieses Pferdchen sie ganz genau verstand. Es machte keinen Mucks, die Augen blieben halb geschlossen. Aber eben auch halb geöffnet, dachte Oma. Die Pferdeohren waren jetzt genau auf sie gerichtet.

„Feines Pony", brummte Oma nickend. Dann ging sie leise ins Haus und legte sich wieder ins Bett. Zack, war sie eingeschlafen und ließ ein zartes Schnorcheln hören.

10. Frühstück im Schatten des Ponys

Als die ersten Sonnenstrahlen auf seine Nase fielen, gähnte das Pony herzhaft. Es machte einen langen Hals, um mit den Lippen ein besonders leckeres Gänseblümchen zu erwischen. Dabei verschob sich sein Schatten ein Stück und auch Billies Nase wurde von Sonnenstrahlen gekitzelt. Billie blinzelte. Sie war sofort wach, setzte sich auf und bemerkte die Decke auf ihrem Bauch und den Beinen. Wo kommt die denn her?, dachte sie. Das Pony grinste und blies ihr ins Gesicht.

„He, du", sagte Billie und streichelte ihm den Hals. Was für ein wunderbares Fell! Sie konnte sich kaum

sattfühlen daran. Ein großes Glück strömte durch ihren Bauch.

Da hörte sie etwas klimpern. Oma Gisela kam mit einem Tablett in den Händen um die Hausecke, und neben ihr lief Lässi, mit einem Kissen im Maul.

„Frühstück!", rief Oma vergnügt und plumpste neben Billie auf das Kissen, das Lässi umsichtig fallen gelassen hatte. Sie stellte das Tablett ab, dass das Geschirr darauf nur so schepperte. Dicke Brotscheiben, Marmelade, Butter, Käse, Tee und Kakao, sogar eine kleine Vase mit ein paar Wiesenblumen – alles da, dachte Billie.

„Ahoi und guten Morgen Billie, ahoi Pony", sagte Oma.

„Morgen Oma, hallo Lässi", antwortete Billie und strich über Lässis Kopf. Sie hob eines von Lässis langen Ohren an und flüsterte: „Danke, dass du nicht beleidigt bist wegen gestern Abend."

Lässi sah sie treuherzig an. Dieser Hund war wirklich nicht nachtragend!

Das Pferdchen fixierte Lässi und Oma. Dann hob es den Kopf und setzte sich auf. Schließlich hob es auch sein Hinterteil, schüttelte die Mähne und fing an zu grasen.

„Prima", sagte Oma, „so können wir im Schatten essen, und die Butter schmilzt nicht!"

Und das taten sie.

„Wie heißt das Pony denn?", fragte Oma Billie mit halbvollem Mund.

„Weiß ich nicht", antwortete Billie mit ebenso halbvollem Mund, „aber ich kriege es telepathisch raus."

„Interessanter Ansatz", lobte Oma kauend, „beim Styx!" Bei dem Wort *Styx* flogen ihr ein paar Krümel aus dem Mund.

Billie starrte sie an. „Oma", sagte sie, „das ist es!"

„Was ist was?"

„Stüx! Das Pferd heißt Stüx!"

Oma stutzte. „Düwel ook", sagte sie dann nachdenklich und goss sich noch einen Tee ein. „Jetzt, wo du es sagst, ist es glasklar! Außerdem klingt es gut. Weißt du übrigens, was Styx bedeutet?"

Billie schüttelte den Kopf.

„Der Styx ist ein Fluss in der griechischen Mythologie. Laut einer Sage wurde ein Junge in den Fluss eingetaucht und ist dadurch unverwundbar geworden, heißt es ... Und wenn man die Wahrheit sagt, schwört man auf den Styx. Wo habe ich bloß das Buch mit den griechischen Sagen hingetan ...?", murmelte sie vor sich hin.

Prüfend sah Billie das Pony an.

„Stüx!", rief sie. Das Pferdchen hob den Kopf und drehte ihr aufmerksam die Ohren zu.

„Das ist der Beweis! Es heißt wirklich Stüx!", rief Billie aufgeregt.

„Na, es ist zumindest der Beweis, dass du so laut tuten kannst wie ein Nebelhorn, das ist wahr", sagte Oma trocken.

„Wir müssen natürlich herumfragen, woher das Pferdchen kommt und wem es gehört", sagte sie nach einer Weile und einem weiteren halben Marmeladenbrot.

Billie war baff. Auf den Gedanken war sie gar nicht gekommen. „Müssen wir das wirklich, Oma? Kann Stüx nicht einfach bei uns bleiben?"

Oma wackelte mit dem Kopf. „Erst mal schon, aber woher er kommt, müssen wir klären, min Deern.

Vielleicht wird er irgendwo vermisst." Sie sah Billies enttäuschtes Gesicht. „Bis dahin darf er hier auf der Wiese bleiben und heute Nacht im Stall schlafen. Du kannst ihm ja eine Box herrichten, wenn du möchtest."

„Echt?" Billie strahlte, fürs Erste erleichtert. Alles Weitere würde sich schon finden, dachte sie.

11. Das Wandern ist des Ponys Lust

Nachdem Billie Stüx den Stall gezeigt hatte, tippelte er schnurstracks wieder hinaus auf den Hof. Billie musste sich beeilen, hinterherzukommen – aber urplötzlich stoppte Stüx, und sie rummste gegen sein Hinterteil. Vor Stüx stand Oma, einen Arm in die Luft gereckt.

„Moooment", sagte Oma und hob einen Zeigefinger vor Stüx' Nase in die Höhe wie ein Stoppzeichen. In ihrer anderen Hand hielt sie ein Ding aus Schnur, mit mehreren Knoten. „Wenn ihr beide zusammen in der Gegend herumlauft, sollte Stüx nicht wirken wie ein Streuner, sondern wie ein reguläres Pony, meinst du nicht?", fragte sie Billie, die unsicher nickte.

Reguläres Pony? Was meinte Oma denn damit? Oma trat seitlich an Stüx heran und zog ihm das Schnurdings schwuppdiwupp gekonnt über seine Nase und hinter die Ohren. Jetzt konnte Billie auch erkennen, was es war. Ein Halfter!

„Hast du das selbst gemacht?", fragte Billie und sah sich das Ding genauer an. Die Knoten erkannte sie, das waren doch welche, die sie gestern Abend zusammen geübt hatten!

„Logisch!", sagte Oma lässig und ordnete Stüx den Schopf. Dabei fielen ein paar Strohhalme zu Boden. „Mit dem Halfter kannst du dich bei ihm bemerkbar machen und auch mal ohne Worte einen Hinweis geben. Das ist hin und wieder hilfreich, auch, wenn ihr beide wirklich ein Traumpaar seid." Sie rieb sich ihre Nase.

„Stüx versteht mich auch so!", sagte Billie selbstsicher.

„Weiß ich", bestätigte Oma, „aber wenn man anderen Erwachsenen begegnet, ist es besser, so zu wirken, als wäre man ein ganz normales Mädchen mit einem ganz gewöhnlichen Pony, glaub mir. Jetzt müssen wir erst einmal herausbekommen, ob jemand deinen Stüx kennt." Und als sie Billies ängstliche Miene sah, ergänzte sie: „Und dann gucken wir mal."

Oma sah auf ihre Armbanduhr und wandte sich mit sorgenvollem Blick der Werkstatt zu. Sie stemmte seufzend die Fäuste in die Seiten. „Zu dumm, dieses halbfertige Rhinozeros wartet auf mich." Sie drehte sich noch einmal zu Billie um. „Keine Angst, Billie! Ich habe einen Vorschlag: Drüben beim Forellenhof habe ich letzte Woche schon angekündigt, dass du kommst. Die freuen sich darauf, dich kennenzulernen, besonders Jenny! Und sie kennen einen Haufen

Pferdeleute, bei denen du dich nach Stüx erkundigen kannst. Du könntest anrufen und vielleicht jetzt gleich hingehen. Die Telefonnummer steht in dem Verzeichnis, das im Flur beim Telefon liegt, unter F wie Forellenhof ..." Und damit verschwand sie in der Werkstatt.

Wie bitte? Billie hatte wohl nicht richtig gehört. Jetzt sollte sie sich selbst darum kümmern, Leute zu treffen, die sie gar nicht kennenlernen wollte? Und sie sollte Stüx loswerden? Das war ein Schlag in die Magengrube. Dabei hatte Billie gedacht, Oma wäre ein bisschen anders als andere Erwachsene.

Billie und Stüx sahen sich wortlos an. Lässi kam hinzu. Billie hatte kein bisschen Lust, irgendwen anzurufen oder allein zu diesem komischen Forellenhof zu gehen. Sollte sie etwa dort an der Tür klingeln und so was sagen wie: Hallo, ich bin Billie, sehr erfreut, Sie kennenzulernen. Wissen Sie, wem mein Pony gehört?, oder was? Wie dachte sich Oma das bloß? Und noch viel weniger Lust hatte sie, überhaupt zu erfahren, wer die Besitzer von Stüx sein mochten. Für Billie stand fest, dass Stüx von dort, wo er herkam, aus gutem Grund weggelaufen war. Und warum wohl lief man von irgendwo weg? Diese *Vor*besitzer – so nannte Billie sie für sich – konnten einfach nicht die richtigen Menschen für Stüx gewesen sein. Nie im Leben.

Aber weil ihr für den Moment kein Ausweg einfiel und weil Oma sehr entschieden geklungen hatte, setzte sie sich mit Stüx und Lässi in Bewegung. Erst einmal irgendwohin. Spazieren.

Hoffentlich treffe ich unterwegs niemanden, dachte sie und drückte sich selbst und Stüx die Daumen.

12. Eine möglichst vergebliche Suche

Klickedi-klickedi-klick machten Stüx' hufeisenlose Hufe auf dem Pflaster der Kastanienallee. Barfuß, oder barhuf nannte man es, wenn Pferde keine Hufeisen hatten. Das hatte Billie in einem ihrer Pferdebücher gelesen.

Als sie am Bienenkorbdenkmal vorbeikamen, sah Billie wieder auf das Schild, das sie am Vortag entdeckt hatte. Zum Forellenhof ging es nach rechts. Sie bog entschlossen nach links ab. Das Kennengelerne konnte noch warten, fand sie.

Der Weg führte Billie, Stüx und Lässi aus dem Dorf heraus und an einigen Häusern vorbei, bis sie an den Rand eines Wäldchens kamen. Es wurde zunehmend warm, und sie genossen die Kühle im Schatten der Bäume. Auf einer kleinen Anhöhe hielt Billie an. Irgendwo war Hufgetrappel zu hören. Lässi und Stüx spitzten die Ohren. Das Geräusch wurde lauter. Und schließlich sah Billie hinter ein paar Pappeln in einiger Entfernung eine Kutsche mit zwei kleinen Ponys davor auftauchen. Shetlandponys, dachte Billie fachkundig. Die waren ja winzig – dass die eine so große Kutsche ziehen konnten! Noch dazu mit einer Erwachsenen. Die Frau, die auf dem Kutschbock saß und souverän die Zügel in den Händen hielt, war recht groß. Immer wieder fielen ihr ihre dunklen Haare ins Gesicht, und sie blies die Strähnen ungeduldig von den Augen weg. Sie sah nett aus, fand Billie. In kurzen Abständen rief die Frau den Ponys etwas Aufmunterndes zu, und eifrig liefen die beiden Kleinen im Trab voran.

Stüx wieherte. Du liebe Güte, war das laut! Billie erschrak. Die Frau guckte herüber und nickte Billie freundlich zu. Billie hielt den Atem an. Was würde

die Frau jetzt tun, wo sie Stüx und Lässi mit Brille sah? Aber ihre Sorge schien unbegründet zu sein. Die Kutsche verschwand hinter einer Reihe von Büschen. Das Hufgetrappel wurde wieder leiser, bis es schließlich nicht mehr zu hören war.

Gut, dachte Billie erleichtert, das war schon mal ganz bestimmt nicht die Vorbesitzerin von Stüx. Sonst wäre sie ja wohl nicht einfach weitergefahren, wenn sie mich hier mit ihrem Pony sieht. Schnell korrigierte sie trotzig ihre eigenen Gedanken: mit *meinem* Pony!

Mit einem Mal hatte Billie genug von ihrem Spaziergang. Sie war durstig. Ihre beiden Gefährten bestimmt auch. Sie würde jetzt zu Omas Hof zurücklaufen und etwas trinken. Und dann konnte sie immer noch weiterüberlegen und einen richtigen Plan schmieden, statt ziellos durch die Gegend zu irren.

Ihr Weg führte sie ein kurzes Stück am Wäldchenrand entlang und mündete in einen Hohlweg mit Holunderbüschen links und rechts. Moment mal, war sie von hier gekommen, war das der Weg zurück zu Omas Hof? Billie war verunsichert. Aber weil Lässi unverdrossen voranlief, beschleunigte auch Billie wieder ihre Schritte. *Klickedi-klickedi-klick*, machten Stüx' Hufe neben ihr. Als der Hohlweg zu Ende war und sich dem Licht öffnete, kam Billie an Weiden vorüber, auf denen ein paar Schafe standen. Hügelabwärts war ein Hausdach zu sehen. Irgendwo dahinter musste auch wieder der See sein, vermutete Billie und blinzelte. Sie schirmte ihre Augen mit der Hand ab und spähte. Der See war toll. Vielleicht würde sie später mit Lässi und Stüx dort baden gehen und picknicken. Ja, das war eine gute Idee.

13. Überraschung!

Beim Näherkommen wurde das Hausdach, das Billie gesehen hatte, zu einem ganzen Haus, groß genug für eine Familie. Am Gartentor sah sie ein Schild mit dem Bild einer fröhlich springenden blauen Forelle. Oh nein, das war ja dieser Forellenhof!

Billies Kehle fühlte sich wie zugeschnürt an. Das konnte doch nicht wahr sein! Wie war sie bloß hierhergekommen?

Sie sah Lässi vorwurfsvoll an. Hatte die Hündin sie etwa absichtlich hierhergeführt? Noch war genügend Zeit, einfach umzudrehen. Der Gedanke an Flucht in Billies Kopf und Bauch war beinahe übermächtig. Aber wie festgeklebt blieb sie stehen, wo sie war.

Da öffnete sich die Haustür, und ein Mädchen mit strohblonden Haaren tauchte im Türrahmen auf. Mit den Fäusten in die Seiten gestemmt rief sie zu Billie hinüber: „Hey! Was glotzt du denn so?!"

Billie erschrak. Was war denn das für ein Drache? Einen Augenblick später aber wurde sie wütend. Also wirklich! Anschreien lassen musste sie sich nun

echt nicht von dieser … Ziege! Sie machte auf dem Absatz kehrt, erleichtert, dass ihr die Entscheidung nun so leicht gemacht wurde. Da entdeckte das Mädchen Lässi und lächelte.

„Hey Lässi, wen hast du denn da mitgebracht?"

Lässi wedelte mit dem Schwanz, quetschte sich durch eine Lücke im Zaun und lief zu dem Mädchen, das ihr die Ohren wuschelte.

„Tach", sagte das Mädchen jetzt so ruhig und freundlich zu Billie, als wäre gar nichts gewesen. War das die Möglichkeit? Billie war platt.

„Du bist doch Billie, oder? Frau Immelsen hat vor ein paar Tagen bei uns angerufen und erzählt, dass du zu Besuch nach Bienenkoog kommst." Das Mädchen kam zur Gartentür und öffnete sie. „Wollt ihr nicht reinkommen? An der Tür plaudern ist auf die Dauer so unbequem."

Plaudern! So nennt die das, wenn sie andere Leute anschreit, dachte Billie sauer. Das Mädchen quasselte munter weiter.

„Ich bin Jenny. Ist das dein Pony? Du kannst es da drüben anbinden." Jenny deutete auf einen Anbindebalken in einigen Metern Entfernung. Daneben standen ein paar Tische und Stühle, auf einer Art Anrichte zwei Krüge mit Wasser und irgendetwas anderem. Saft vermutlich. Offenbar hatte man hier öfter Pferde und Kinder zu Besuch, dachte Billie.

„Willst du was trinken?"

„Ja, nein, doch – ich, äh ... Es ist kompliziert", stammelte Billie. Nur langsam und widerstrebend folgte sie der Aufforderung, in den Garten zu kommen.

„Kompliziert?" Jenny wirkte interessiert. „Das klingt super. Ich bin Spezialistin für Kompliziertheiten!"

Sie füllte aus einem der Krüge Apfelsaft in zwei Gläser, ließ sich auf einen der Stühle fallen und winkte Billie, sich zu ihr zu setzen. Billie nahm zögernd Platz.

„Das ist Saft von den Äpfeln aus Oma Immelsens Garten. Mega lecker! Prost." Jenny hob ihr Glas und nahm einen ordentlichen Schluck.

Billie tat es ihr nach. Richtig, sie hatte ja solchen Durst gehabt! Gleich ging es ihr besser.

„Willst du dein Pony gar nicht anbinden?", fragte Jenny.

Billie schüttelte den Kopf. „Stüx muss ich nicht anbinden", sagte sie stolz. Wie zum Beweis zog Stüx ihr sanft den Strick aus der Hand, senkte den Kopf und fing an zu grasen.

Jenny grinste. „Nee, wenn man immer ein Stück Wiese dabeihat, muss man Pferde echt nicht anbinden, das stimmt", sagte sie spöttisch. Aber es klang nicht gemein, als sie lachte. Im Gegenteil, es wirkte ansteckend und sehr lustig.

Fast ohne es zu merken, musste Billie mitlachen. Sie entspannte sich etwas. „Habt ihr hier oft Besuch von Leuten mit Pferden? Ich meine, wegen dem Anbindebalken?" Billie deutete darauf.

„Ja, na klar!", sagte Jenny, als wäre es das Normalste der Welt. „Hier kommen ständig Reiter vorbei und machen Pause auf ihren Ausritten. Dein Pony heißt Stüx? Was ist das denn für ein Name?"

Offenbar war Jenny jetzt wieder dran mit Fragen stellen. Billie erklärte ihr, woher der Name kam, und Jenny wirkte beeindruckt.

„Wow, griechische Mythologie ... cool. Und was habt ihr hier so vor?"

Himmel, das wusste Billie selbst nicht so genau. Das war ja das Problem!

„Meine Oma sagt, ich soll jetzt herumfragen, ob jemand Stüx kennt. Oder ob irgendwo ein Pony vermisst wird. Stüx ist gestern Nacht im Garten von meiner Oma aufgetaucht. Er war plötzlich einfach da. Bestimmt ist er abgehauen, weil er dort, wo er gewohnt hat, unglücklich war", sagte Billie.

„Er ist dir also zugelaufen? Gestern Nacht? Ein Pony erscheint bei Vollmond im Apfelgarten, wie witzig." Jenny kicherte.

„Ich will Stüx behalten!", platzte es aus Billie heraus.

„Hmm ..." Jenny wurde wieder ernst und zog die Stirn in Falten. „Bestimmt ist es am besten, wenn du zuerst alleine herumfragst, ich meine: ohne Stüx", überlegte sie. „Ich könnte dir dabei helfen!"

„Aber was ist, wenn jemand Stüx kennt?", fragte Billie beunruhigt.

„Deshalb sollst du ihn ja nicht mitnehmen!"

„Aber ich will überhaupt nicht herumfragen!"

„Dann machs doch auch nicht!", sagte Jenny. Zack, hatte sie die Lösung parat.

„Nein, das geht auch nicht", sagte Billie, obwohl das natürlich genau ihr Wunsch war. „Was wird Oma sagen?" Bekümmert betrachtete sie Stüx, der seelenruhig weiter Gänseblümchen knabberte.

Jenny antwortete eine Weile nicht. Dann rief sie plötzlich: „Weißt du was? Wir färben Stüx' Fell! Seine Mähne und sein Schweif werden dunkel, und er kriegt andere Flecken. Dann erkennt ihn keiner mehr, und du bist aus dem Schneider und kannst ihn behalten! Und meine Haare färben wir auch, das wollte ich schon immer mal machen."

„Und dich erkennt dann auch keiner mehr, oder was?", fragte Billie zweifelnd.

„Stimmt, macht aber nix, das kann ich regeln", sagte Jenny selbstbewusst. Was immer sie auch damit meinte.

„Wir fangen am besten mit Stüx an. Für ihn brauchen wir sowieso am meisten Farbe."

Stüx schaute die beiden Mädchen mit gespitzten Ohren an.

„Stüx! Stüxi", lockte Billie. Bereitwillig kam Stüx auf sie zu und schnupperte an ihrer Hand und ihren Haaren. Jenny war beeindruckt.

„Der ist ja wirklich auf dich fixiert", sagte sie fachkundig. „Nicht schlecht!"

Billie lächelte stolz. Überschäumende Zuneigung für Stüx durchströmte sie, von oben bis unten, dass ihr ganz warm wurde. Ja, Stüx gehörte eindeutig zu ihr! Sie würde alles dafür tun, dass es so blieb.

Entschlossen wandte sie sich wieder Jenny zu. „Also, was nehmen wir zum Färben?"

„Kaffeesatz!", sagte Jenny wie aus der Pistole geschossen. „Ich habs recherchiert. Auf dem Rechner von meinen Eltern."

„Und welche Farbe wird das dann?", fragte Billie. Sie konnte sich im Moment noch nicht vorstellen, wie Stüx mit gefärbten Haaren aussehen sollte.

„Na, schwarz natürlich!", sagte Jenny, jetzt geradezu beflügelt von ihrer Idee. „Na ja … zumindest dunkelbraun." Sie strahlte. „Wir brauchen natürlich auch weiße Farbe", überlegte Jenny halblaut weiter. Sie sah Billie nachdenklich an. „Damit wir seine dunklen Flecken hell färben können."

Sicher konnte sie sich etwas Farbe von Oma ausborgen, dachte Billie. „Und woher nehmen wir so viel Kaffeesatz, dass es für ein Pony reicht?"

Jenny winkte ab. „Kein Problem, Kaffeesatz gibt es hier genug. Meine Mutter sammelt den für ihre Blumen im Garten. Sie sagt, das sei prima Dünger. Da kann ich bestimmt einen Eimer voll abzweigen. Wir machen hier viel Kaffee, für unsere Gäste."

Stüx spitzte wieder die Ohren. Er hatte *Pony* gehört. Was jetzt wohl als Nächstes passierte?

14. Ein guter Plan

Billie stand auf und wandte sich dem Gartentor zu, um zu gehen.

„Stüx!", rief sie leise über die Schulter – aber da war Stüx schon neben ihr, und Billie konnte den Strick greifen, der an seinem Knotenhalfter hing. Lässi stand draußen vor dem Tor und erwartete sie schwanzwedelnd.

„Ich komme dann später mit dem Kaffeesatz zum Bienenhof, okay?", fragte Jenny.

Billie nickte. „Abgemacht."

„Bis dann", sagten Billie und Jenny im selben Moment.

Wenn man gleichzeitig dasselbe sagte, bedeutete das doch, dass man die nächsten fünf oder zwanzig Jahre miteinander befreundet war, dachte Billie. Oder sogar noch länger? Vielleicht lief die Sache mit Jenny ja doch gar nicht so schlecht an ...

Nach kurzer Zeit lotste Lässi Billie und Stüx wieder auf die Kastanienallee, und Omas Hof tauchte zwischen den letzten Bäumen am Ende der Allee auf. Billie staunte: Wie war es möglich, dass sie so lang unterwegs gewesen waren, um zum Forellenhof zu gelangen, aber gefühlt nur drei Minuten zurück zu Omas Hof brauchten? Ging das mit rechten Dingen zu? Sie nahm sich vor, Oma nachher nach einer Karte von Bienenkoog zu fragen.

Als sie mit Stüx und Lässi auf den Sandplatz vor dem Haus trat, hörte sie Geräusche aus der Werkstatt. Drinnen rumpelte es verhalten, irgendetwas zischte leise, ein Radio plärrte einen Schlager. Billie hörte Oma dazu pfeifen, sogar mit Trillern. Zusammen wirkte es so, als wäre auf dem Hof alles in schönster Ordnung.

Stüx ging schnurstracks in den Stall und schlürfte an der automatischen Tränke einen halben Fluss leer, so schien es Billie. Er hatte auch Durst gehabt! Ein heißer Strahl schlechtes Gewissen ging durch Billie. Während sie mit Jenny Apfelsaft getrunken hatte, mussten ihr Pferd und Lässi zusehen! Ein Eimer und ein Napf voll Wasser für die beiden wären doch bestimmt kein Problem gewesen. Sie hätte Jenny einfach fragen können! Wo hatte sie bloß ihren Kopf gehabt?

Stüx schien ihr aber keine Vorwürfe zu machen. Gerade rieb er sich grunzend den Kopf an einem Balken und zog sich dabei das Halfter aus.

Ziemlich schlau, dachte Billie. Sie hob das Halfter auf und hängte es an einen Haken, der genau dafür vorgesehen schien, wie in einer Sattelkammer. Richtig, da stand auch ein hölzerner Sattelbock. Aber er war leer. Sehnsüchtig dachte Billie daran, dass sie auch reiten wollte. Ob Stüx ihr das wohl erlauben würde?

„Billie!? Huhu? Bist du da?"

Bevor sie den Gedanken fortsetzen konnte, hörte Billie Omas Stimme aus der Werkstatt. Sie verließ den Stall wieder und ging hinüber. Die Tür der Werkstatt war nur angelehnt, und so konnte Billie schon von draußen erkennen, dass Oma irgendwie von innen heraus leuchtete. Ja wirklich: Omas Augen glänzten, während sie vor etwas stand, das sie zusammengeschweißt hatte. Es war ungefähr so groß wie sie selbst und sah aus, wie … ja, wie was eigentlich?

„Ein Elch!", sagte Oma und strahlte.

Wie bitte? Billie war baff. „Oma, wolltest du nicht ein Rhinozeros schweißen?", fragte sie, als sie sich von ihrer ersten Überraschung erholt hatte.

„Das war früher mal der Plan, ja", sagte Oma. „Aber statt mich unnötig mit Auftragsnashorn-Gedanken zu quälen, habe ich einfach das Material befragt, was es werden möchte. Es spricht seine eigene Sprache, verstehst du? Man muss genau hinhören! Nur so findet man heraus, was darin steckt." Versonnen betrachtete sie den Elch und tätschelte

freundlich eine seiner Geweihschaufeln. „Es hat ein bisschen gedauert, aber ich habe es herausgefunden. In dem Metall, das ich hatte, war ein Elch und kein Nashorn", schloss sie ihre Ausführungen.

„Ja, aber ..." Billie suchte nach Worten. „Was werden die Leute vom Wildpark sagen, wenn sie einen Elch kriegen, und kein Rhinozeros?"

Oma guckte Billie an und in ihren Augen blitzte der Schalk. „Tja, ich würde sagen, sie werden ein bisschen umdenken müssen", erklärte sie vergnügt.

„Ein Elch ist viel passender – Elche gibt es nämlich wirklich im Wildpark." Für Oma schien das Ganze schlüssig zu sein und überhaupt kein Problem. „Außerdem kriegen sie ja auch ein Nashorn, wenn sie unbedingt wollen. Nur etwas später." Sie lachte. „So, jetzt bist du aber dran mit Erzählen! Was hast du erlebt?"

Billie überlegte. Wo sollte sie bloß anfangen? Am besten vorn, dachte sie. Doch wo war vorn?

„Wir waren spazieren", begann Billie. „Lässi, Stüx und ich. Und dann haben wir eine Shetty-Kutsche mit einer großen Frau gesehen."

„Ah, das war May-Britt", sagte Oma, „die liebt Kutschefahren."

„... und dann bin ich plötzlich an diesem Forellenhof gewesen, dabei wollte ich eigentlich hierher zurück", fuhr Billie fort, obwohl sie gern mehr über diese May-Britt erfahren hätte. „Wieso bin ich da überhaupt gelandet, obwohl ich gar nicht dem Schild am Bienenkorbdenkmal zum Forellenhof gefolgt bin? Und wieso war der Rückweg vom Forellenhof hierher so kurz? Wir sind zuerst ganz lange gelaufen, aber zurück höchstens fünf Minuten!"

Oma hörte belustigt zu. „Komm mal mit", sagte sie und winkte Billie, ihr zu folgen.

Sie ging hinaus und setzte sich vor der Werkstatt auf einen großen Stein. Neben dem lag noch ein zweiter, größerer, und auf den setzte sich Billie.

„Guck mal, min Deern", sagte Oma und griff sich einen herumliegenden Zweig. Sie zeichnete zwei Rechtecke in den Sand. „Das hier ist der Bienenhof." Oma zeichnete weiter. Erst die Kastanienallee mit zwei Strichen, dann das Bienenkorbdenkmal an der Kreuzung mit der Verkehrsinsel, dann das Wäldchen, den Hohlweg und die Schafweiden (sogar mit Schafen) und schließlich den Forellenhof. Von oben gesehen lag alles in einem großen, eierigen Kreis zueinander.

„Und wenn man auf einem Kreis läuft, kommt man am Ende wieder da raus, wo man losgegangen ist", schloss Oma. „Deshalb wart ihr so fix wieder hier."

Sie sah Billie an, der es bei Omas Kritzeleien wie Schuppen von den Augen fiel. Natürlich, sie waren im Kreis gelaufen! Dass sie darauf nicht selbst gekommen war.

„Und wie wars beim Forellenhof, hast du Jenny getroffen?", fragte Oma nun.

„Also ... ja. Zuerst hat sie mich angeblafft", erzählte Billie.

„Huch?", machte Oma.

„Ja, das war doof! Aber als sie Lässi gesehen hat, war sie plötzlich total nett und hat mich zu Apfelsaft eingeladen. – Oma, nachher kommt Jenny vielleicht hierher, glaube ich", sagte sie.

Oma grinste. „Was denn nun: Glaubst du das nur, oder kommt Jenny wirklich vorbei?" Sie lachte leise gluckernd.

15. Geheime Vorbereitungen

Beim Mittagessen fiel Billie die Abmachung mit Jenny wieder ein.

„Oma, hast du vielleicht weiße Farbe?", fragte sie, möglichst nebenbei und harmlos. Sie hoffte jedenfalls, dass es so wirkte.

Oma tupfte sich den Mund mit ihrer Serviette ab. „Müsste ich haben, ja", sagte sie.

„Ein Eimer genügt, glaube ich", sagte Billie.

Oma sah sie prüfend an. „Ein Eimer voll Farbe? Düwel ook, was hast du vor? Willst du das Haus renovieren?" Jetzt wirkte Oma sehr aufmerksam.

„Nee", sagte Billie gedehnt, „nur was malen."

„Auf Packpapier?", fragte Oma.

„Genau", bestätigte Billie, froh, dass Oma ihr so eine gute Idee lieferte.

„Hast du denn Packpapier?", fragte Oma weiter.

„Nein, das wollte ich auch wissen", sagte Billie schnell. „Ob ich welches von dir bekommen kann." Manchmal klappte das mit dem Reagieren ganz gut, dachte sie.

„Irgendwo im Arbeitszimmer müsste eine Rolle sein", überlegte Oma laut. „In der Schublade unterm

Regal. Was ist mit Pinseln, Wasserglas und Mallappen? Brauchst du sowas auch?"

So weit hatte Billie noch gar nicht denken können. Gut, dass Oma so flott alles anbot. „Dreimal ja", sagte sie darum, und Oma erhob sich.

„Na dann komm mal mit", wies sie Billie an und hüpfte ins Nebenzimmer.

16. Kunst kommt von Pinsel und Pony

„Wen solltest du nach Malsachen fragen, wenn nicht mich!", trällerte Oma und zog eine Kiste hervor, in der sich alle möglichen Arten von leeren Gläsern drängten. Dicke leere Gurkengläser neben kleinen Olivengläschen, dazwischen Senfgläser, mittelgroße Honiggläser und ein hohes bauchiges Glas, in dem früher bestimmt Kompott gewesen war. Oder vielleicht Mirabellen, dachte Billie. Die Gläser schepperten leise, als Oma an der Kiste zog.

„So, bedien dich! Von den Farben kannst du alle nehmen, auf denen *wasserlöslich* steht. Viel Spaß", sagte Oma und wandte sich wieder Richtung Tür. „Wenn du sonst noch was brauchst: Ich bleibe im Haus. Muss ein bisschen Büroarbeit machen. Und den Tierpark anrufen! Holdrio!" Sie lachte leise und verschwand.

Billie suchte sich ein großes Glas und vier Pinsel in unterschiedlichen Größen aus. Das Glas füllte sie am Waschbecken neben der Tür mit Wasser. Dann stapelte sie alles inklusive der Packpapierrolle auf ihre Arme und ging hinaus.

Gerade rechtzeitig, dachte Billie, denn genau in

diesem Moment kam Jenny auf den Hof geradelt. Auf dem Gepäckträger ihres Fahrrads klemmte ein Eimer, am Lenker baumelte ein Einkaufsnetz mit Klopapierrollen. Mit einer scharfen Bremsung kam Jenny vor Billie zum Stehen, sodass der Eimer gefährlich schwankte.

„Hi!", sagte sie und setzte die Füße auf die Erde. Sie deutete auf die Rolle in Billies Armen. „Was hast du da?"

„Wonach siehts denn aus? Packpapier – vielleicht zum Unterlegen", sagte Billie.

„Unterlegen? Unter Stüx? Na ja, warum nicht", meinte Jenny und griff gerade noch rechtzeitig nach dem Eimer. Das Rad kippte um. „Macht nix", sagte Jenny. Sie stellte den Eimer mit einem Schnaufen ab und deutete wichtigtuerisch darauf. „Tadaaa!", rief sie fröhlich. „Kaffeesatz vom Feinsten! Damit könnten wir aus Stüx sogar einen richtigen Rappen machen!"

„Pschschscht", machte Billie und sah besorgt zur Werkstatt. „Schrei doch nicht so rum. Sonst können wir es gleich in den Nachrichten bringen."

„Jaja, schon gut, bleib cool", sagte Jenny, aber sie dämpfte ihre Stimme.

17. Im Fleckenland

„Wo wollen wir es machen?", fragte Jenny.

Billie überlegte kurz. „Auf der Apfelwiese", sagte sie dann entschlossen. „Da ist es egal, wenn was tropft."

„Ich denke, du willst Packpapier drunter legen."

„Auf der Wiese müssen wir das nicht", sagte Billie. „Wenn Kaffeesatz runterfällt, ist es Dünger, und weiße Farbe verwuschelt im Gras."

„Stimmt eigentlich. Und wenn wir präzise malen, passiert das sowieso nicht!", fügte Jenny siegessicher hinzu. Sie holten Stüx von seinem Schattenplatz unter der Kastanie und führten ihn zur Apfelwiese. Dort gab es auch Schatten.

„Warte, ich muss ja noch die Farbe holen!", sagte Billie und rannte zur Werkstatt. Schnell hatte sie in Omas Farbenstapel irgendwo im Karton zwischen Lila und Orange eine Dose weiße Farbe ausgemacht, auf der *wasserlöslich* stand, genau wie Oma gesagt hatte. Und einen Schraubenzieher zum Öffnen. Ausgezeichnet!

Als sie zurückkam, standen Stüx und Jenny immer noch dort, wo sie sie stehengelassen hatte, und sahen sie erwartungsvoll an. Unter den Bäumen war es angenehm kühl. In der Sonne war es mittlerweile ziemlich warm geworden. Was für eine Hitze! Schwitzend hockte sich Billie ins Gras. Mit dem Schraubenzieher hebelte sie den kleinen Farbeimer auf.

„Womit fangen wir an?", fragte sie, eher sich selbst als Jenny.

„Mit den Beinen! Du links, ich rechts. Alles, was weiß ist, wird braun, und die braunen Flecken am Bauch machen wir weiß." Jenny grinste schlau.

Stüx knabberte gelassen an ein paar Grashalmen, als die Mädchen sich daran machten, seine

Beine zu bearbeiten. Auf die weißen Stellen an seinen Fesseln klatschten sie mit vollen Händen den feuchten Kaffeesatz aus Jennys Eimer und umwickelten das Ganze mit Klopapier, damit es nicht wieder herunterfiel.

„Was für eine Schweinerei", stöhnte Billie nach einer Weile leicht genervt. „Das fällt ja alles doch wieder runter." Ärgerlich ließ sie die Hände sinken.

Unter Stüx' Bauch hindurch sah sie Jenny zu. Rundherum um das Bein, das Jenny gerade umwickelte, machte sich Chaos breit – doch der Kaffeesatz hielt bei ihr. Es sah komisch aus, aber darauf kam es ja nicht an.

„Schweinerei? Kaffeesatz ist ökologisch wertvoll und das Ergebnis ist dauerhaft. Du musst es einfach so lange probieren, bis es klappt!"

Jenny klang wie eine Lehrerin, dachte Billie. „Und wenn es nicht klappt?", knurrte sie, die Hände schwarz und voller Kaffeesatz.

„Dann noch mal!" Jenny hatte jede Menge Energie und ebenso viel Geduld, das musste man ihr lassen. Das spornte Billie wieder an.

Mit der weißen Farbe wagten sie sich an die dunklen Flecken an Stüx' Bauch. Billie tauchte einen Pinsel in das Wasserglas, dann in die Farbe und rührte in der Farbdose herum. Auf einem großen

Stück Packpapier streifte sie den Pinsel ab, damit die Farbe nicht tropfte, und betrachtete Stüx nachdenklich, wie eine Künstlerin ihre Leinwand.

„Was ist, Picasso?", fragte Jenny. „Es sollen doch nur Flecken werden, kein Ölgemälde fürs Museum, oder?" Munter tauchte sie ihren Pinsel in die Dose und scherte sich wenig darum, ob es kleckerte.

Mit der Zungenspitze im Mundwinkel malte Billie, was das Zeug hielt und verwandelte Stüx auf der linken Seite in, ja, in was? Verbissen setzte sie weiter Fleck um Fleck auf den Ponybauch. Nach einiger Zeit hielt sie inne und trat zurück. Sie zog die Stirn in Falten und betrachtete ihr Werk. Plötzlich kamen ihr Zweifel. Konnte ein Pferd wirklich so aussehen?

„Ich glaube, ich hab's vermurkst", stöhnte sie unglücklich. Jenny kam von ihrer Ponyseite herumgelaufen.

„Wieso?", fragte sie. „Sieht doch gut aus. Ganz anders als vorher. Das wolltest du doch die ganze Zeit!"

Billie sah sie genervt an. Was sollte das heißen, sie wollte das die ganze Zeit – es war doch Jennys Idee gewesen, das Pony anzumalen!

„Aber doch nicht so!", sagte Billie. Sie seufzte. Hätte sie sich bloß nicht von Jenny überreden lassen! Sie fand ihre Aktion mit einem Mal völlig hirnverbrannt. Um sich von dem unangenehmen Gedanken abzulenken, betrachtete sie jetzt Stüx' andere Seite.

„Oh!" Der Mund stand ihr offen, als sie sah, was Jenny fabriziert hatte. „Was soll *das* denn?" Stüx' Bauch hatte eine Art helles Hellbraun angenommen. Dort, wo vorher wundervolle, schokoladenbraune Flecken waren, sah sein Fell jetzt aus wie langweiliger Kakao mit zu wenig Kakaopulver in zu viel Milch. Seine weißen Fellstellen dagegen waren nach wie vor weiß. Von rechts aus besehen war er nun ein leicht schmuddeliger Falbe.

„Bin noch nicht fertig", sagte Jenny gut gelaunt in Billies Staunen hinein. „Es muss noch einmal gestrichen werden, und dann kommen die weißen Stellen dran. Die werden dunkelbraun und tadaaa!, dann ist alles umgekehrt!" Sie war offenbar kein bisschen erschöpft und fand sich genial.

„Aber das passt doch mit meinen Flecken links gar nicht zusammen!", stieß Billie genervt hervor. „So sieht doch kein lebendes Pony aus!"

„Ja", gab Jenny zu, „aber dann hättest du eben gleich auch so malen müssen, wie ich gesagt habe, dann wäre das nicht passiert."

Billie war empört. Das ging ihr jetzt wirklich zu

weit. Jenny war doch nicht die Bestimmerin auf dem Bienenhof. Also wirklich, Stüx war *ihr* Pony!

„Genauso gut hättest *du* so malen können wie *ich!* Dann würde es auch passen!", sagte sie aufgebracht. Jenny guckte betroffen.

Jetzt standen sie einander ratlos gegenüber. Die Eine sauer, die Andere perplex, weil für sie die Welt in Ordnung war. Keine von beiden sagte etwas.

18. Tohuwabohu unter Apfelbäumen

Stüx hob den Kopf, spitzte die Ohren und hörte auf zu kauen. Er stampfte mit dem Vorderhuf auf. Es wirkte zornig, aber eigentlich verscheuchte er bloß eine lästige Fliege. Dazu schlug er mit dem Schweif – *wischwisch!* – und schüttelte den Kopf, dass die Mähne nur so flog. Dann ging er ein paar Schritte von Billie weg und wälzte sich mit wohligem Grunzen genüsslich im Gras.

Billie und Jenny hoben unwillkürlich beide die Hände und schrien: „Stüx! Nein!" Aber Stüx ließ sich nicht im Geringsten stören. Klopapier und Kaffeesatz wirbelten um seine Hufe herum. Die Malflecken auf seinem Bauch waren in kürzester Zeit Geschichte.

Die Mädchen standen fassungslos da, als Stüx sich wieder erhob und sich zum Abschluss kräftig schüttelte. Er wirkte höchst zufrieden und schnaubte vergnügt. Die Farbe auf seinem Körper war jetzt überall ordentlich verschmiert. An seinem Bauch klebte eine Menge Staub, und in der Mähne hatte sich Gras verfangen. Er sah jetzt auf beiden Seiten beinahe gleich aus. Es war verblüffend: Alles, was Billie und Jenny wütend gemacht hatte, war fort. Es gab jetzt einfach keinen Grund mehr, aufeinander sauer zu sein. Das hatte Stüx wirklich gut hingekriegt!

„Äh ...", machten Billie und Jenny jetzt gleichzeitig. Sie sahen sich an. Dann mussten sie losprusten. Es dauerte lange, bis sie sich wieder beruhigt hatten. Schließlich betrachteten sie die Bescherung unter den Apfelbäumen. Ziemlich viel Klopapier lag verstreut in der Gegend herum, wie übriggebliebener Schnee vom letzten Winter.

Und schon ging es wieder los mit dem Lachen. Aber das Tohuwabohu würden sie wohl aufräumen müssen.

„Beim Klabauter – was fabriziert ihr denn hier, Kinnings?", sagte da eine Stimme hinter ihnen. Wie auf ein Stichwort im Theater trat Oma Gisela hinter einem Baum hervor. Sie hatte eine Flasche Limonade in der Hand und irgendetwas klebte ihr im Haar, Spinnweben oder Fussel, Billie konnte es nicht genau erkennen. Wo war sie wohl eben gewesen? Neben Oma stand Lässi und machte ein besorgtes Hundegesicht.

Mit einer schwungvollen Geste stellte Oma die Flasche in eine Baumgabel. Dann besah sie sich die Apfelwiese und den verschmierten, strubbeligen Stüx.

„Was habt ihr denn mit dem armen Pony vor?", fragte sie die Mädchen. Aber Billie und Jenny fiel keine gute Antwort ein. Plötzlich waren sie merkwürdig still.

„Na ja ... Wir wollten ...", begann Billie nach einem Moment, aber weiter kam sie irgendwie nicht. Irgendein blöder Kloß steckte plötzlich in ihrem Hals.

Oma blickte sie kurz an, dann scannte sie weiter mit Detektivblick die Gegend. Neben Billie lag die Packpapierrolle, der fast leere Eimer neben Jenny und die Papphülsen vieler Klopapierrollen locker verteilt in der Gegend herum.

„... Haarefärben!", stieß Jenny hervor. Oma hob fragend die Augenbrauen.

„Genau", sagte Billie. „Mit Stüx wollten wir anfangen, und dann sind wir dran."

Oma hatte ein merkwürdiges, kleines Zucken

im Gesicht. „Will Stüx denn auch eine andere Haarfarbe haben?", fragte sie amüsiert.

„Eigentlich zwei", sagte Jenny. Obwohl Braun und Weiß strenggenommen keine neuen Haarfarben für Stüx waren.

„Und wozu das ganze Klopapier?"

„Na, um den Kaffeesatz festzupappen. Kaffeesatz ist ein super Haarfärbemittel. Und absolut natürlich, meine Eltern bieten nur Biokaffee an", erklärte Jenny, ein bisschen stolz.

„Super Idee, super Idee ...", sagte Oma. „Aber so richtig gehalten hat euer Zeugs ja nicht, wie man sieht." Sie seufzte. „Nu macht das Chaos hier erst mal weg. Um die Farbe auf Stüx' Fell kümmern wir uns dann gleich." Sie stapfte davon, Richtung Werkstatt, wobei sie vor sich hin murmelte: „Das gibt's doch nicht, kleine Pferdetäuscher auf meinem Bienenhof!"

„Ups", sagte Jenny, und Billie konnte ihr nur zustimmen. Mit flauem Gefühl begannen sie, das Durcheinander auf der Wiese einzusammeln und in den leeren Kaffeesatzeimer zu stopfen.

„Und jetzt?", fragte Jenny.

Billie zuckte mit den Schultern.

An Lässis Ohr klebte etwas Kaffeesatz. Da ertönte ein langgezogener Pfiff. Oma Gisela hatte einen Gartenschlauch ausgerollt und winkte ihnen, mit Stüx zu ihr vor die Werkstatt zu kommen.

„Hier." Sie drückte Billie eine Bürste in die Hand und Jenny eine zweite. „So, und jetzt mal los, schön absprühen den Stüx, bei den Hufen anfangen. Immer von unten nach oben in Richtung Herz! Und dann die Farbe runter vom Pferd." Sie drehte das Wasser auf und machte es an einem Ponybein vor, dann übergab sie Billie den Schlauch. „Viel Spaß!" Sie machte ein ernstes Gesicht, überhaupt nicht spaßig sah das aus.

So hatte Billie Oma bisher noch nicht gesehen, oh, oh. Allerdings schien irgendetwas in ihrem Gesicht nicht ganz fest zu sitzen. Ab und zu verrutschte etwas um die Augen, oder um den Mund herum, ganz so, als wollte Oma gleichzeitig schimpfen und lachen.

Billie ging in die Knie und begann, Stüx' Beine zu bearbeiten, um alles rückgängig zu machen, was sie und Jenny darauf fabriziert hatten. Sie hielt den Sprühstrahl auf ein Bein und in weißbraunen Rinnsalen lösten sich Kaffeesatz und weiße Farbe. Jenny half mit der Bürste vorsichtig nach.

Stüx stieß einen wohligen Seufzer aus. Herrlich, bei diesem Wetter etwas kühles Nass und eine leichte Massage abzukriegen! Er ließ die Ohren und die Unterlippe hängen und schloss die Augen.

Als alle vier Beine abgeduscht waren, hob Billie den Wasserstrahl hoch und besprühte den Rücken, den Bauch und schließlich Stüx' Hals. Sie hielt den Schlauch noch mehr in die Höhe und das Wasser fiel wie ein Sommerregen auf Stüx und die Mädchen. Die Tropfen glitzerten wundervoll, wie Diamanten in der Sonne.

„Iiiiiek!", quietschte Jenny und hüpfte unter dem Wasser herum.

Stüx hob genüsslich die Nase in die Luft und stieß ein lautes zufriedenes Schnauben aus. *Brrrrr!* Sofort machten es die Mädchen nach.

„Wasserkonzert für Gartenschlauch und drei Schnauber!", kreischte Billie fröhlich. Sie schnaubte gleich noch einmal, und Lässi bellte dazu.

19. Von Dieben und Ponys

Als sie so richtig schön nass waren, erschien Oma wieder bei ihnen. Diesmal hielt sie in jeder Hand eine Art Gummischieber, ähnlich wie die, die man zum Fensterputzen benutzt. Sie fixierte kurz den klitschnassen Stüx, dann Billie und Jenny, zuletzt Lässi. Allen vieren klebten vor Nässe die Haare am Kopf und am Körper, und sie waren quietschvergnügt.

„So, ihr Frösche!" Sie schwang die beiden Gummidinger. „Jetzt legt mal los, und zwar so ..." Sie nahm das eine Ding und setzte es mit der Gummilippe an Stüx' Rücken an. Dann zog sie es in einem leichten Bogen langsam über den halben Rücken und die Pferdeseite abwärts. Ein kleiner Schwall Wasser ergoss sich auf den Boden. Nun war das Pony noch feucht, aber an dem Streifen, den Oma gezogen hatte, nicht mehr tropfnass. Sie drückte jedem Mädchen eins der Gummidinger, die eigentlich Schweißmesser hießen, in die Hand.

Billie war sofort Feuer und Flamme. Sie machte es genau wie Oma und begann auch am Rücken, neben Omas Streifen. Vorsichtig zog sie das Schweißmesser quer über Stüx' Hals, Bauch und die Kruppe – also den hinteren Teil des Rückens –, und fing auch noch ein paar Tropfen unter dem Bauch ab, damit sie nicht so kitzelten. Das machte ja richtig Spaß! Jenny machte es auf ihrer Ponyseite genauso.

In Nullkommanichts waren sie fertig. Als hätten sie das schon hundert Mal getan, wie Profis. Sie waren sehr zufrieden mit sich. Stüx sah nun wieder aus wie er selbst.

Oma nickte anerkennend. „Gut, gut ...", sagte sie. „Und jetzt ihr!" Und damit zauberte sie von irgendwoher zwei Handtücher hervor, mit denen sich Billie und Jenny die Haare trocken rubbelten. Ihre nassen Sachen zogen sie einfach aus und legten sie auf die Wiese zum Trocknen.

Mit einem Zischen öffnete Oma eine Flasche und füllte drei Becher mit Limonade. Was für ein herrlicher Sommer!

Sie setzten sich ins Gras und wackelten alle drei mit den Zehen. Lässi hechelte. Oma schien nicht mehr brummig zu sein, dachte Billie vorsichtig.

„So, ihr Mädchen", begann Oma aber dann. Billie war sich nicht ganz sicher, was jetzt auf sie zukommen würde. „Nun erzählt mal, was ihr wirklich mit dem angemalten Pony vorhattet." Sie sah Billie an.

„Also …", begann Billie etwas zäh.

„Wir wollten Stüx verkleiden, damit Billie ihn behalten kann!", stieß Jenny hervor. Jetzt war es raus.

Wieder zog Oma die Augenbrauen hoch, aber dieses Mal nicht fragend. Einen Moment war es still. Nur das Summen der Bienen auf der Wiese war zu hören. Dann hatte sich Oma gefasst.

„Ihr meint, dann erkennt ihn niemand, und er könnte *undercover* hierbleiben?", fragte sie.

„Genau!", sagten Jenny und Billie gleichzeitig. Billie war erleichtert, dass ihre Oma so schnell von Begriff war.

„Wisst ihr, wie man Leute nennt, die Pferde anmalen und ihre Identität verschleiern?", fragte Oma weiter.

Billie und Jenny schüttelten die Köpfe.

„Man nennt sie Pferdetäuscher", sagte Oma, und in ihrem Ton lag etwas Verächtliches, Düsteres. „Sagen wir mal, jemand hat ein Pferd und will es möglichst teuer verkaufen. Dann wird manchmal gepinselt: die Blesse wird eine andere, oder sie wird gleich ganz weggemalt, oder die Mähne wird ein bisschen gefärbt. Alles, damit das Pferd so aussieht wie gewünscht. Das ist Betrug, aber Hauptsache, die Kasse klingelt!"

Oma seufzte. Dann nahm sie einen Schluck Limonade, wischte sich mit der Hand über den Mund und schwieg.

Billie und Jenny rührten sich nicht. Lässi sah von Oma zu den Mädchen und wieder zurück. Was erzählte Oma da bloß alles?

„Manchmal sind Pferdetäuscher auch einfach Pferdediebe", fuhr Oma mit einem Mal wieder fort. „Wenn die ein Pferd geklaut haben, wollen sie es

natürlich verstecken, bis Gras über die Sache gewachsen ist. Oder verkleiden." Sie sah zu Stüx, dann zu den Mädchen, die jetzt feuerrote Ohren bekamen. Pferdediebe! Sie waren doch keine Pferdediebe!

„Nee, seid ihr nicht, weiß ich", sagte Oma, als hätte sie ihre Gedanken gelesen. „Aber wer weiß, ob die Vorbesitzer von Stüx und unser Dorfsheriff das auch so sehen."

„Ich habe Stüx nicht gestohlen, er ist zu mir gekommen!", rief Billie aufgeregt.

„Ja, min Deern", sagte Oma sanft. „Das habe ich gesehen, beim Klabauter. Ihr seid sofort wie magnetisch angezogen aufeinander zugegangen." Sie lächelte. „Aber", und nun wurde sie wieder ernst, „woher Stüx kommt, müsst ihr trotzdem rauskriegen."

„Aber wie sollen wir das machen, Oma?", fragte Billie, und Jenny guckte ebenfalls ratlos. Wenn bei ihr auf dem Forellenhof niemand etwas von einem verschwundenen Pony wusste, wer dann?

„May-Britt", sagte Oma, schon wieder so, als könne sie Gedanken lesen. „Die fährt mit ihrer Shetty-Kutsche jeden Tag in der Gegend herum und kennt so ziemlich jeden Hof mit Pferden im Landkreis. Und jeden Tratsch. Die fragen wir." Sie griff in die Tasche ihrer Latzhose und zog ein Handy heraus. Oma hatte ein Smartphone! Das hatte Billie gar nicht gewusst.

Oma sah auf und erwiderte Billies Blick. Sie tippte auf eins der Icons. „Jaja", sagte sie und guckte dabei schlau, „ich habe ihre Nummer sogar gespeichert. Hallo May-Britt, wie gehts?", rief sie in das Handy.

Undeutlich hörte man May-Britts Stimme am anderen Ende der Leitung. Dann sprach wieder Oma. „Oh, wirklich? Das ist ja schön ... Wie viele Lämmer? Elf? Toll, meine Glückwünsche. Sech mol, was anderes, meine Liebe, weißt du was von einem verschwundenen Pony in der Gegend? Ein Schecke?"

Es war einen Moment still, dann sprach wieder May-Britt.

„Hm, hm", brummte Oma. „Nicht? Das ist ja ein Ding. Ich hätte schwören können ... Nein, alles klar. Wenn du was hörst, gib doch bitte Bescheid, ja? Wie? Nein, nicht weg – genau, hier ist eins aufgetaucht ... Jaja, stimmt, die Kinder wollen es behal... Sie müssen aber erst mal herausfinden, wo es herkommt ... Hm, ja. Danke dir, bis dann, tschü-üss!" Oma beendete das Gespräch.

„Woher weiß May-Britt, dass hier bei dir Kinder sind?", fragte Billie.

May-Britt war mit der Kutsche an ihr vorübergefahren. Dann wusste sie natürlich, dass Billie in

Bienenkoog war. Und den *Schecken* hatte sie auch gesehen, laut genug gewiehert hatte er ja. Aber eigentlich konnte May-Britt nicht wissen, wer Billie war. Eigentlich.

„In Bienenkoog gibt es keine Geheimnisse", sagte Jenny. „Dass deine Oma Besuch von ihrer Enkelin hat, hat sich längst herumgesprochen."

20. Milde Marone

„Wollt ihr eigentlich immer noch eine andere Haarfarbe?", fragte Oma jetzt munter.

„Ich schon!", sagte Jenny sofort.

„Mir ist es egal, aber ich mache mit", sagte Billie. Lässi wuffte kurz.

„Wie wunderbar! Ich probiere immer gern etwas Neues aus", sagte Oma.

Das glaube ich sofort, dachte Billie belustigt.

„Und die Gelegenheit ist günstig!", fuhr Oma fort. „Rein zufällig habe ich neulich im Drogeriemarkt eine Tönung im Angebot gesehen. Da konnte ich nicht widerstehen. Damit machen wir einen Versuch. Erst mal ein paar Strähnen bei jeder von uns, dann reicht die Packung für vier. Kommt mit!" Sie stand auf und hüpfte in Richtung Haus. Wenn Oma sich etwas in den Kopf gesetzt hatte, fackelte sie nicht lange.

Die Kinder folgten ihr ins Haus und ins Badezimmer. Oma zog eine Packung aus dem Medizinschränkchen neben der Tür. *„Farbton: Milde Marone, ein schöner warmer Braunton*, steht da." Sie rieb sich die Hände. Die Vorfreude merkte man ihr an.

„Man muss vorher die Haare nass machen, steht

hier", sagte Billie mit einem Blick auf die Gebrauchsanweisung. Oma und Jenny sahen sie erstaunt an.

„Was?" Jenny deutete auf den Badezimmerspiegel. Billie guckte hinein. Ach so, die waren ja noch feucht! Sogar Lässis Fell war noch nicht wieder trocken. Es hing in Strähnen an ihr herunter. Sie sah ganz dünn aus und roch ein bisschen nach nassem Hund.

„Ich sags doch: günstige Voraussetzungen!", trällerte Oma vergnügt. Dann kniff sie die Augen zusammen und las die Anweisungen auf dem Beipackzettel. Zwei Paar Plastikhandschuhe lagen in dem Päckchen. Oma gab eines Billie, das andere Jenny. Für sich selbst zog sie ein Paar lilafarbener Einmalhandschuhe aus einer Schublade im Bad und streifte sie sich über die Hände. Dann mischte sie in den beiden Plastikbehältern aus der Packung die Farbe zusammen. Der eine war hell und der andere dunkel mit einer spitzen Tülle.

Sieht aus wie Bastelkleber, dachte Billie unbehaglich, aber sie schob den Gedanken sofort beiseite. Oma schraubte die Behälter aufeinander und drehte, bis man ein Klicken hörte und die beiden Dinger fest verbunden waren. Schließlich schüttelte sie das so entstandene Doppelfläschchen heftig, wie ein Barkeeper einen Cocktail.

„Schnell, legt euch was über die Schultern, falls es tropft", sagte sie und warf jedem Mädchen ein Handtuch zu, dann drückte sie Billie das Färbemittel in die Hand.

Billie winkte Jenny zu sich. „Welche Strähne darfs denn sein?", fragte sie wie eine Friseurin.

Jenny fummelte sich eine Handvoll Haare aus ihrem Pferdeschwanz und Billie schmierte die Strähne gewissenhaft mit Farbe ein. Dann übergab sie Jenny das Fläschchen und ließ sich von ihr eine Strähne auf der linken Seite neben der Stirn einfärben. Oma knetete sich selbst den Farbschlamm in eine Strähne an ihrer Schläfe.

„Jetzt du, Lässi!", sagte Billie. Lässi wedelte mit dem Schwanz und kam heran. „Ein Ohr vielleicht? Oder lieber die Schwanzspitze?"

Lässi legte den Kopf schief. Oma entschied, dass die Haarspitzen von Lässis Ohren etwas Farbe gebrauchen könnten.

„Aber nicht ablecken!", sagte Jenny.

„Pff, wie soll sie das denn machen?", fragte Billie und versuchte, mit ihrer Zunge an ihr eigenes Ohr zu kommen. Es klappte natürlich nicht.

Und dann warteten sie.

Oma stellte den Timer des Handys auf 25 Minuten. „Das sollte ausreichen für eine Runde Triomino", sagte sie, verließ das Badezimmer und pfefferte den Spielekarton auf den Küchentisch. „Ist wie Domino, nur dreieckig", sagte sie und schüttete die Spielsteine aus. Und dann spielten sie drei Runden. Jede von ihnen gewann ein Mal.

„Viel zu ausgeglichen und harmonisch", sagte Oma. „Eine Entscheidungsrunde muss her!"

Sie mischte die Spielsteine mit den Zahlen nach unten noch einmal durch. Dieses Spiel gewann Billie beinahe – aber bevor es entschieden war, fing Lässi an zu winseln, und Jenny sagte: „Mir ist irgendwie so warm auf dem Kopf."

„Beim Klabauter! Die Haarfarbe!", rief Oma und stürzte mit den Mädchen und Lässi ins Badezimmer. Sie hielten abwechselnd die Köpfe unter den Duschstrahl. Was für eine Soße! Erst als das Wasser wieder klar aus ihren Haaren herausfloss, ließen sie es gut sein und atmeten auf. Lässi schüttelte sich, sodass ein ordentlicher Sprühregen auf die Mädchen und Oma niederging, aber das machte nichts.

„Hauptsache, die Haare sind noch dran", sagte Oma.

„Wieso hat dein Handy nicht rechtzeitig geklingelt?", wollte Billie wissen.

„Das frage ich mich auch! Besser gesagt: Das frage ich jetzt das verflixte Telefon!", sagte Oma und blickte empört auf das Display. Das kleine Lautsprechersymbol war durchgestrichen. Lautlos!

„Mann, Oma!", sagte Billie.

21. Blaues Wunder mit Holdem Holunder

Das vierte Spiel gewann Billie tatsächlich, wenn auch nur knapp. Billie war sehr zufrieden. Sie streckte sich genüsslich, während Jenny leise „Das war aber echt knapp!" murmelte und Oma gähnte.

Langsam trockneten ihre Haare. Billie warf einen Blick auf Lässis Ohren. Es machte den Eindruck, als wären die Spitzen leicht lila. Aber sicher war Billie sich nicht. Es wirkte bestimmt nur wegen der Feuchtigkeit so.

Da zwitscherte ein Vogel laut in ihre Gedanken. Das war Omas Vogel-Küchenuhr, zu jeder vollen Stunde tönte ein anderer Piepmatz. Jenny sah auf.

„Ich glaube, ich muss los", sagte sie. Ihre gefärbte Strähne war ebenfalls noch nicht ganz trocken. Zwischen ihren blonden Haaren sah die Strähne ziemlich dunkel aus, fast so wie Lässis Ohren. War nicht sogar ein Grünstich darin?

Billie begleitete Jenny nach draußen zu ihrem Fahrrad. Es lag noch immer im Sand, wie ohnmächtig auf die Seite gekippt. Jenny richtete es auf und klemmte den leeren Eimer auf den Gepäckträger. Ohne Kaffeesatz darin war er jetzt keine Gefahr mehr für das Gleichgewicht des Rades.

„Tja ... Dann mal bis dann!", sagte Jenny und schwang sich auf den Sattel. Jetzt hatte ihre Strähne eindeutig einen Grünton angenommen. Sie sah Billie an und sagte, auf Billies Haare deutend: „Sieht ein bisschen lila aus bei dir. Sind Milde Maronen denn lila und nicht braun?"

„Nee ... eher grün", konterte Billie und zeigte auf Jennys Strähne.

„Grün?" Jenny stellte das Fahrrad wieder ab. Sie zog sich die Haare vors Gesicht, um nachzusehen. „Ich brauche einen Spiegel", sagte sie und stapfte noch einmal ins Haus.

„Na, Kinnings, habt ihr was vergessen?", fragte Oma. Das Haar an ihrer Schläfe leuchtete knallblau. Lässis Ohrspitzen waren wunderbar violett und schimmerten. Sie sah aus wie ein Filmhund, fand Billie.

„Ich würde gern sehen, wie die Farbe aussieht", sagte Jenny höflich. Sie eilte ins Badezimmer und guckte in den Spiegel.

„Oh", machten Oma und Jenny gleichzeitig, als sie das zauberhafte Grün auf Jennys Kopf sahen. Oma nahm die leere Packung der Haarfarbe zur Hand und begutachtete den Beipackzettel.

„*In weiteren fantastischen Farbtönen erhältlich*, steht hier. *Holder Holunder, Wilder Waldmeister, Milde Marone, Schimmernder Smaragd, Feurige …*

dings ... -beere. Da ist ein Wasserfleck, es ist nicht zu lesen ..." Oma kratzte sich am Kopf. Dabei erhaschte sie einen Blick auf sich selbst im Spiegel. „Düwel ook!" Nun sah sie sich um und bemerkte auch die Farben auf Billies Kopf und auf Lässis Ohren. „In der Packung muss etwas anderes drin gewesen sein als draufsteht. Nix mit Milde Marone! Kein Wunder, dass die so billig war!"

„Aber ... grün und blau und lila, wieso haben wir jede eine andere Farbe, Oma?", fragte Billie.

„Das hat mit unseren unterschiedlichen Haarfarben zu tun, denke ich", sagte Oma. „Jenny mit ihren goldblonden Haaren hat eine Eins-a-blau-und-gelb-Mischung hingekriegt. Was darauf schließen lässt, dass wir ein Paket falsch etikettierten Holden Holunder erwischt haben! Gelb und Holunder-Blau ergibt ja bekanntlich zusammen grün."

Das wusste Billie natürlich, das hatte sie schon oft mit ihrem Malkasten ausprobiert.

„Bei meinem, äh, ganz leicht silbrig ergrauten Haar hat sich der Holunder in ein blaues Wunder verwandelt, bei deinen braunen Haaren und bei Lässis Ohrenspitzen hat er es immerhin bis zu einem Lila geschafft." Oma lachte, dass es sie schüttelte. „Zusammen sind wir eine Farbpalette, beim Klabauter! In ganz Bienenkoog ist niemand so bunt wie wir!"

„So sieht man gleich, dass wir zusammengehören!", sagte Jenny und grinste Billie an.

Billie grinste zurück. Es tat ihr richtig gut, das zu hören! Sie freute sich und bekam ein warmes Gefühl im Bauch.

In dieser Nacht schlief Billie wie ein Stein. So tief und fest, dass sie nicht einmal dazu kam, etwas zu träumen. So bemerkte sie auch nicht, dass auf ihrem Handy inzwischen einige Nachrichten aufgelaufen waren.

Eine war von Mama: *Hallo Süße, alles gut bei Euch? Kuss, Mama.*

Eine mit einem Bild von türkisblauem Meer und Palmenstrand kam von Raffa aus der Karibik: *Aloha Billie, es ist total schön hier, aber mit dir wärs noch toller. Wie gehts dir?* 🏝 💞 🥰 *Raffa.*

Und eine von Billies Vater. Sie lautete: *Mein lieber Billieschatz, wie geht es Dir im Paradies? Viele liebe Grüße & Kuss, Papa.*

Das Handy leuchtete, aber nach einer Minute gab es auf und das Zimmer fiel in komplette Dunkelheit.

22. Brötchen und Gebrüll

Als Billie am nächsten Tag aufwachte, schien das Licht der frühen Sonne durch die Vorhänge am Fenster. Es stand einen Spaltbreit offen und ließ den wunderbaren Duft von Sommermorgen herein. Billie blinzelte und gähnte herzhaft. Dann zog sie sich rasch ihre Jeans und ein T-Shirt an und sah im Stall nach Stüx. Er war hellwach und begrüßte Billie mit einem vergnügten Wiehern. Muck stand unter seinem Bauch und ließ ein leises Meckern hören. Billie kraulte die kleine Ziege kurz zwischen den Hörnern.

„Hallo Muck! Guten Morgen Stüxi", flüsterte Billie und wuschelte Stüx durch den Schopf. Sie drückte ihr Gesicht an seinen Hals. Wie gut er duftete! Billie strahlte. Es war so toll, morgens zu ihrem Pferd laufen zu können! Nichts zu machen, sie war einfach verknallt in Stüx. Und er in sie. Gerade suchte er mit seinem Maul ihre Hosentaschen ab. Billie lief zurück zum Haus, um Leckerlis zu holen.

„Warst du schon im Stall?" Oma lächelte und schnipste Billie einen Heuhalm von der Schulter.

Billie nickte. „Kann ich Leckerlis für Stüx haben?", fragte sie.

Oma schüttelte den Kopf. „Leckerlis sind gerade

alle." Sie zwinkerte. „Aber das macht nichts, er verhungert nicht gleich, er hat ausreichend Heu und kommt nachher wieder auf die Wiese. Dem gehts gut! Allerdings frage ich mich, ob du in Fiefstücken ein paar frische Brötchen zum Frühstück für uns zwei holen könntest?"

Sie erklärte Billie den Weg zum Bäcker im nächsten Dorf. Aus einer bunten Blechdose im Küchenschrank nahm sie einen Geldschein und drückte ihn Billie in die Hand.

„Das sollte reichen für vier Brötchen und zwei Croissants für Käpt'n und Leichtmatrose. Das kriegst du hin, ne?"

Billie nickte. Beinahe etwas ärgerlich. Klar kriegte sie das hin. Mann, sie war fast zehn! Sie freute sich auf den Spaziergang und marschierte munter mit Lässi los. Hinreiten wäre natürlich noch toller, dachte Billie. Sie schielte hinüber zum Stall und zu Stüx. Aber Oma fing ihren Blick auf und winkte ihr, loszugehen. Na schön, dachte sie. Dann eben ein andermal. Aber bald.

Als sie das Ende der Kastanienallee erreichte, bog sie mit Lässi links ab, wie Oma gesagt hatte, also nach links, und wirklich: Schon nach ein paar Minuten sah sie in einiger Entfernung ein gelbes Ortsschild auftauchen. Fiefstücken.

Am Ende einer langgezogenen Kurve befand sich der Bäckerladen in einem großen, ziegelroten Haus. Aber statt den Laden zu betreten, lief Billie einfach weiter.

Lässi hob erstaunt den Kopf. Was hatte Billie denn vor? Sie wuffte. Billie sah sie kurz an, blieb aber nicht stehen. Also sowas! Aber da es für Lässi nun mal nicht infrage kam, Billie allein weitergehen zu lassen, heftete sie sich wieder an ihre Fersen und trottete mit. Bestimmt würde sie bald erfahren, was los war.

Billie hatte den Blick fest geradeaus in die Ferne gerichtet. Sie hatte dort etwas Interessantes entdeckt. Auf einem rundherum mit Heckenrosen bepflanzten Sandplatz lagen bunte Stangen mit weißen Holzkreuzen an den Enden. Das waren doch Cavaletti! Sowas benutzte man als Hindernisstangen, um mit Pferden drüberzuspringen! Es sah also ganz so aus, als würde es dort Pferde geben, kombinierte Billie messerscharf. Das musste sie sich genauer ansehen.

Sie bemerkte ein großes Tor und ein Schild: *Unbefugten ist das Betreten nicht gestattet*. Was sind denn *Unbefugte?*, fragte sich Billie. Komisches Wort. Sie durchschritt das Tor und betrat einen gepflasterten Hof. Um den Hof herum gruppierten sich

Stallungen mit mehreren dunkelgrün gestrichenen Türen nebeneinander. Alle Türen waren in der Mitte geteilt, sodass man die obere Hälfte wie ein Fenster öffnen konnte. Wie praktisch, dachte Billie.

Aus einem der Türfenster guckte ein schwarzes Pferd mit einem hübschen weißen Fleck auf der Stirn. *Flocke* nannte man so ein Abzeichen. Schnurstracks ging sie auf das Pferd zu und streckte die Hand aus, um es daran schnuppern zu lassen.

Das Pferd war sehr groß. Sein Kopf überragte Billie mindestens um einen Meter. Tja, nicht jeder konnte so schön klein und genau richtig sein wie Stüx.

„Aber du bist auch total okay", versicherte sie dem Pferd.

Ein kleines Geräusch in einiger Entfernung ließ Billie sich umdrehen. Einige Meter weiter links von ihr sah sie eine große Stalltür einen Spaltbreit offenstehen. Die Tür musste sich bewegt haben und hatte dabei ein bisschen in den Angeln gequietscht. Lässi schnüffelte interessiert am Türspalt und schien Billie dann direkt aufzufordern, hineinzugehen. Billie zögerte. Aber dann schob sie die Tür weit genug auf, um hindurchzuschlüpfen und betrat den Stall.

Hier herrschte dämmeriges Licht, aber es war nicht dunkel. Mehrere Boxen reihten sich aneinander. In jeder Box stand ein Pferd und raschelte mit Stroh oder Heu. Das hieß ... Nein, nicht in *jeder* Box. Die Schiebetür einer Box ganz hinten am Ende der Stallgasse stand halb offen. Das kam Billie seltsam vor. Alle Boxen waren belegt, die Eingangstür zum Stall geöffnet und eine Box leer – fehlte da etwa ein Pferd? Billie kam näher und sah in die Box. Keiner zu Hause, dachte sie.

Sie besah sich das Namensschild außen an der Box. *Naseweiß* las sie und verdrehte die Augen. Wieso gaben die Leute ihren Tieren bloß so komische Namen? Außer dem Pferdenamen stand da noch unter Besitzer *P. S. L.* und eine Handynummer. Vielleicht war der Pferdebesitzer ja zu faul gewesen, seinen vollen Namen aufzuschreiben.

Da polterte etwas. Lässi spitzte die Ohren. Der Lärm kam aus der nächsten Stallgasse. Irgendwer brüllte mit Bassstimme: „Drei Monate! Das kann ja wohl nicht wahr sein!", und Billie hörte eine Tür scheppern. Eine wütende Frauenstimme antwortete etwas und wurde schrill. Das Wort *Pony* kam darin vor, soviel konnte Billie herausfiltern. Und die Worte *weg* und *Polizei*. Dann hörte sie laute Schritte näherkommen. Da ist wohl jemand ziemlich sauer, dachte Billie. Hastig huschte sie aus der Stallgasse heraus und durch die Tür zurück auf den Hof.

„Sorry, ich muss los", flüsterte sie dem großen Pferd zu und machte dann auf dem Absatz kehrt. Rasch lief sie über den Hof und durch das Tor. Als sie mit Lässi wieder auf der Dorfstraße stand, erinnerte sich Billie auch wieder daran, dass sie ja eigentlich Brötchen holen sollte.

Das Glöckchen über der Tür bimmelte, als Billie die Bäckerei betrat. Es duftete atemberaubend lecker nach Brot und Kuchen. Glücklicherweise hatte Billie einen genauen Auftrag von Oma bekommen, was sie holen sollte. Sonst wäre ihr die Auswahl wirklich schwergefallen. Sie nahm die große Tüte mit den Brötchen und eine zweite mit Croissants entgegen.

„Einen schönen Gruß an deine Oma", sagte die Bäckersfrau freundlich zum Abschied.

„Wissen Sie denn, wer ich bin?", fragte Billie verdutzt.

Die Frau deutete durch das Schaufenster auf Lässi, die wohlerzogen vor der Tür wartete. „Wenn der Hund mit den lila Ohrspitzen da draußen Lässi ist, musst du die Enkelin von Frau Immelsen sein", sagte sie und lachte.

„Ja, das stimmt", sagte Billie.

„Lässi ist bekannt wie ein bunter Hund", sagte die Frau und hielt Billie die Tür zum Hinausgehen auf. Dann machte sich Billie hurtig auf die Socken, zurück zum Bienenhof. Zumindest wollte sie das. Aber wenige Meter, nachdem sie das Ortsschild von Fiefstücken passiert hatten, erfüllten knatternde Motorgeräusche und eine Art Jaulen die Luft. Billie erschrak, und Lässi stellte die Ohren auf.

„Schnell, da rüber!", sagte Billie und sprang mit der Hündin hinter ein Gebüsch im Graben neben der Straße. Schließlich wollten sie nicht von dem, was da ankam, umgefahren werden, was es auch sein mochte. Das Geknatter und Gejaule kam schnell näher. Und jetzt konnte Billie auch sehen, was den Krach auslöste. Auf einem mintfarbenen Motorroller saß eine schluchzende junge Frau in Reitklamotten und fuhr mit überhöhter Geschwindigkeit in Richtung Bienenkoog. Auf dem hinteren Teil des Rollers stand in schwungvollen dunkelgrünen Buchstaben *Suse*. Ob der Roller oder die junge Frau Suse hieß, ließ sich schwer sagen. Jedenfalls weinte die Frau herzzerreißend. Ihr lautes Schluchzen war in eine Art Jaulen übergegangen, das sich mit dem Motorlärm zu einem solch schrecklichen Krachkompott vermischte, dass Billie und Lässi froh waren, rechtzeitig in den Straßengraben geflüchtet zu sein. Von dort konnten sie die jaulende Suse aus sicherer Entfernung beobachten, ohne selbst gesehen zu werden.

Die junge Frau sauste vorbei. Eine Wolke von Parfümduft umschwebte sie und hüllte Billie ein paar Momente ein, bevor sie endlich zerstob. Puh, dachte Billie, und Lässi nieste.

„Was sie wohl hat, dass sie so weinen muss?", fragte Billie. Lässi legte den Kopf schief und sah sie aus ihren klugen Augen an. Billie überlegte. Konnte es sein, dass die jaulende Suse zu der Frauenstimme gehörte, die sie eben auf dem Reiterhof gehört hatte? Was war da vorgefallen?

Der Motorroller hatte sich inzwischen entfernt und war kaum noch zu hören. Billie atmete auf. Sie sammelte die Brötchentüten auf und kletterte mit Lässi aus dem Graben. Jetzt wollte sie erst einmal mit Oma frühstücken. Dieser Ausflug hatte sie ordentlich hungrig gemacht.

Aber bevor sie in die Kastanienallee zum Bienenhof einbiegen konnte, sah sie Jenny auf der kleinen Landstraße auf sich zu radeln. Jennys Tempo war rasant.

„Hey!" Jenny wich Billie gerade noch in einem Bogen aus und stoppte abrupt. Sie deutete auf die Brötchentüten in Billies Hand. „Moin! Ich muss auch zum Bäcker." Sie lächelte ihr hübsches Lächeln, streichelte Lässi den Kopf und inspizierte die lila Ohrspitzen. „Die Frisur sitzt", bemerkte sie fröhlich.

„Moin", sagte Billie probehalber auch. Es fühlte sich ulkig an, dieses neue Wort zu benutzen. „Hast du die Frau auf dem Motorroller gesehen?", fragte sie.

„Die heulende Frau auf dem mintfarbenen Ding eben? Klar, die war ja nicht zu überhören und zu überriechen, wieso?", fragte Jenny.

„Weil ... Ich glaube, mit der stimmt was nicht", sagte Billie. Jenny horchte auf. „Als ich eben in Fiefstücken war, habe ich gesehen, dass es da einen Reiterhof gibt und habe mich mal umgesehen." Billie versuchte, lässig wie ein Privatdetektiv zu klingen. „Ich habe dort Stimmen gehört. Ziemlich laute. Da haben sich zwei Leute gestritten. Gesehen habe ich niemanden, aber ein Mann hat herumgebrüllt, und eine Frau hat irgendwas mit *Pony* und *weg* und *Polizei* geschrien! Und im Stall war eine Box leer, obwohl alle anderen Pferde da waren."

„Wow. Und was hat die Motorrollerfrau damit zu tun?", fragte Jenny.

„Na, das ist die doch bestimmt!", sagte Billie. „Die, die da rumgekreischt hat!"

„Ach sooo ...", sagte Jenny langsam. „Und jetzt?"

„Na, überleg doch mal", erwiderte Billie. Jenny zog die Stirn in Falten.

„Eine Box ohne Pferd drin, eine Frau, die die Polizei rufen will und ein Typ, der rumbrüllt. Da ist doch was faul!"

„Ja, aber ...", fing Jenny an, doch Billie unterbrach sie ungeduldig.

„Bestimmt ist da ein Pferd geklaut worden! Wir müssen rausfinden, wo es ist."

„Oder ob es dein Pony ist, das weg ist, meinst du!" Jenny war ein Licht aufgegangen.

Jetzt durchfuhr Billie ein neuer Schreck. Was, wenn die leere Box *wirklich* früher die von Stüx gewesen war? Und die heulende Suse die Vorbesitzerin von Stüx? Sie mochte sich das gar nicht vorstellen. Aber wer hatte dann Stüx geklaut, und warum? Und wie war er nach Bienenkoog gekommen?

Nun schwirrte ihr der Kopf. Diese Gedanken gefielen ihr überhaupt nicht. Sie betrachtete die Brötchentüten in ihrer Hand. „Wir müssen uns nachher treffen, gleich nach dem Frühstück", sagte sie zu Jenny.

„Okay – ich komme auf die Apfelwiese!", sagte Jenny und radelte los. „Mach dir keine Sorgen!", rief sie noch über die Schulter. Dann war Billie mit Lässi und den Brötchen wieder allein auf der Landstraße.

23. Geheimnisse in Bienenkoog

Als sie den Sandplatz vor dem Bienenhof erreichten, hörte Billie Oma schon in der Küche hantieren und fröhlich herumscheppern. Dazu pfiff Oma wieder, dieses Mal eine schräge Melodie, die Billie noch nie gehört hatte. Zwischendurch sang sie auch, irgendetwas von einem Haifisch und seinen Zähnen und prustete ab und zu den Rhythmus wie gleich ein paar Blasinstrumente auf einmal.

„Ah, da seid ihr ja", sagte sie, als Billie und Lässi hereinkamen. „Nu aber los! Hohe Tied! Ich habe einen Mordshunger." Sie rieb sich die Hände und ließ sich auf einen Stuhl fallen.

Billie schüttete vorsichtig die Brötchen und Croissants in den Brotkorb und setzte sich ebenfalls an den Tisch, während Lässi zu ihrem Napf neben dem Küchenschrank tappte.

Es sah mal wieder alles sehr appetitlich aus, was Oma aufgedeckt hatte: Marmelade, Honig, Erdnussbutter, Obst, Kakao, sogar mit Sahne. Oma war eben ein Leckermäulchen. Aber Billie hatte plötzlich keinen Appetit mehr.

„Was ist denn los, min Deern?", fragte Oma.

Billie antwortete nicht gleich. Sie fragte sich, ob

es gut war, Oma Gisela mit einzubeziehen. Aber als sie das Schweigen und Omas Blick nicht mehr aushielt, fragte sie: „Oma, kann es sein, dass Stüx geklaut worden ist?"

„Wie kommst du denn darauf? Der steht quietschvergnügt im Stall", gab Oma kauend zurück.

„Nein, ich meine doch vorher! Bevor er hierhergekommen ist", sagte Billie.

Oma sah Billie an. „Tja, wer weiß", sagte sie dann nachdenklich und nahm einen Schluck Kaffee. „Kein schöner Gedanke. Was bringt dich darauf, das anzunehmen?"

Und Billie erzählte von ihrem Erlebnis in Fiefstücken und vergaß auch nicht, die Grüße von der Bäckersfrau auszurichten.

„Hmm ...", machte Oma, als Billie fertig war. Sie goss sich noch etwas Milch in den Kaffee und lehnte sich zurück, um nachzudenken, während sie an ihrem Becher nippte. „Du meinst also, dass in Fiefstücken ein Pony gestohlen worden ist, und das gestohlene Pony könnte dein Stüx sein?"

Billie zuckte unsicher mit den Schultern. „Ja, vielleicht? Weil doch die Frau nach der Polizei rufen wollte und weil nur die eine Box leer war. Und das Pony, das nicht drin war in der Box, heißt Naseweiß." Sie verdrehte die Augen. Dieser Pferdename war wirklich zu albern. „Und Stüx hat doch eine weiße Nase. Das passt doch zusammen!" Nun stellte sich Billie leider auch noch vor, wie Pferdeentführer aussahen. Das waren bestimmt finstere Ganoven, große, kräftige Gestalten, womöglich maskiert! Und hundsgemein noch dazu. Sie schauderte.

„Aber wie wäre Stüx dann hergekommen, ich meine: Ein entführtes Pony könnte doch nicht hier sein, sondern wäre weg, oder?", fragte Oma. Billie wurde blass bei ihren Worten.

Aber Oma machte eine beruhigende Geste. „Lass uns mal überlegen. Stüx müsste seinen Ent-

führern weggelaufen sein – falls diese zu Fuß waren. Was Pferdediebe aber meistens nicht sind, glaube ich. Nee, Billie, es muss irgendwie anders gewesen sein."

„Bloß wie?", fragte Billie ratlos.

Oma kratzte sich am Kinn. „Ich frage mich, wem diese Brüllstimme in Fiefstücken gehört hat und wer diese heulende Frau gewesen ist. Wenn ein Pferd gestohlen wird, streitet man doch nicht lange herum, sondern ruft wirklich die Polizei!" Eine dicke Fliege summte herbei und flog Oma gegen die Brille. Sie schüttelte ärgerlich den Kopf und wedelte die Fliege mit der Hand weg. „Was da auf Bauer Miesmanns Hof bloß los ist? Ich kann mir nicht vorstellen, dass er das war, der da gebrüllt hat. Momme Miesmann ist so sanft wie ein Lamm und tut keiner Fliege was zuleide – und auf einem Bauernhof will das was heißen." Sie sah grimmig dem Brummer hinterher, der jetzt auf der Fensterscheibe gelandet war und sich seelenruhig die Fliegenbeine putzte.

„Komisch, ich dachte, in Bienenkoog gibt es keine Geheimnisse – hat Jenny gesagt", murmelte Billie.

„Da ist was dran", sagte Oma und grinste. „Nachher rufen wir bei Momme an. Dann gibts kein Vertun! Ich weiß zwar noch nicht, wie wir am besten fragen sollen, was auf seinem Hof los ist, ohne aufdringlich zu wirken, aber mir fällt schon was ein." Die Messer und Löffel vom Frühstück schepperten, als Oma sie in den Besteckkorb der Spülmaschine warf. „Ich hoffe nicht, dass Pferdediebe im Spiel sind. Das wäre schrecklich! Versprich mir, dass du nie unvorsichtig bist, Billiekind. Kein Herumschleichen allein in fremden Ställen mehr, hörst du?"

Das versprach Billie. Aber insgeheim dachte sie, dass sie dann nie auf irgendeine brauchbare Spur gekommen wäre.

24. Mehr Geheimnisse

Nach dem Frühstück erinnerte sich Billie wieder an ihre Verabredung mit Jenny. Wahrscheinlich wartete sie schon auf der Apfelwiese! Schnell lief Billie in den Stall und holte Stüx, der ihr sofort folgte. Muck, die inzwischen offenbar nicht mehr ohne Stüx sein wollte, lief auch mit.

Als sie an der Apfelwiese ankamen, sah Billie schon Jennys Fahrrad im Gras liegen und Jennys Beine, die von einem Ast baumelten. Der Rest von Jenny war vom Laub verdeckt.

„Hey!" Jenny sprang von ihrem Ast herunter und landete weich im Gras, genau vor Billie. „Was gibt es Neues?"

In aller Eile berichtete Billie.

„Hm, das ist alles irgendwie komisch. Wie viele Pferde fehlen denn nun, eins oder zwei?", fragte Jenny verwirrt. „Wenn Stüx nicht geklaut ist, aber trotzdem in Fiefstücken eine Box leer ist und ein Pferd fehlt, dann sind das doch zwei Pferde, aber sie sind an zwei verschiedenen Orten verschwunden, oder wie?"

„Äh, ja ..." Billie war jetzt auch durcheinander.

„Was können wir jetzt machen?"

Sie setzten sich mit der Frage ins Gras und lehnten sich an einen Apfelbaum.

„Wollte deine Oma nicht bei Momme Miesmann anrufen und fragen, ob er ein Pferd vermisst?", fragte Jenny.

„Stimmt!" Billie schlug sich an die Stirn. Fast vergessen! Sie musste Oma sofort fragen, was bei dem Telefongespräch herausgekommen war.

Sie stürmten ins Haus. Stüx und Muck sahen erstaunt auf. Aber weil sie das Haus nicht betreten durften, blieben sie brav auf der Türschwelle stehen und sahen von dort hinein. Muck ließ ein paar Ziegenkügelchen auf die Fußmatte fallen.

Oma saß im Wohnzimmer an ihrem Schreibtisch vor einem Laptop. Aber sie sah gar nicht auf den Monitor. In der Hand hielt sie ihr Telefon und starrte es an.

„Düwel ook", begrüßte sie die Mädchen, als sie hereinkamen. „Ihr werdet nicht glauben, was mir Momme eben gesagt hat." Billie, Jenny und Lässi sahen Oma gespannt an.

„Das war komisch! Zuerst habe ich ihm erzählt, dass bei uns ein kleiner Schecke aufgetaucht ist und habe gefragt, ob bei ihm im Stall vielleicht einer fehlt. Und was meint ihr, was er da geantwortet hat?" Billie und Jenny hoben gleichzeitig die Schultern hoch, Lässi spitzte die Ohren. „*Nein*, hat er gesagt!", rief Oma. „Und dass bei ihm alle Pferdeboxen belegt seien und alle Pferde zu Hause."

„Aber wo ist denn dann dieser Naseweiß abgeblieben?", fragte Billie. „Auf dem Reitplatz war niemand."

„Vielleicht auf der Weide?", schlug Jenny vor.

„Ich habe draußen kein Pferd gesehen. Und außerdem stellt man ein Pferd nicht allein auf die Weide!", sagte Billie.

Oma nickte zustimmend. „Das ist richtig. Also müsste die Box eigentlich belegt sein. Hm, seltsam ... Ich wollte Momme nicht verraten, dass du" – sie sah Billie an – „heimlich in seinem Stall warst und dich über das Geschrei und die leere Box gewundert hast. Nun ja. Aber wenn Momme sagt, dass alle seine Pferde zu Hause sind, dann wird das schon so sein." Sie runzelte nachdenklich die Stirn.

„Aber das stimmt nicht!", sagte Billie aufgeregt. „Die Box war wirklich leer! Glaubst du mir etwa nicht?"

„Doch", sagte Oma fest und legte ihre Hand beruhigend auf Billies Arm. „Aber Momme glaube ich auch, was er sagt. Den kenne ich nämlich nur als ganz und gar ehrlichen Menschen. Das hier scheint ein kniffliger Fall zu sein." Sie seufzte, drehte sich auf ihrem Bürostuhl um, sah Stüx und Muck auf der Türschwelle stehen und sagte: „Oh, Muck hat mir auf die Fußmatte gemacht."

25. Jagd auf die heulende Suse

Omas Handy vibrierte plötzlich und machte seltsame Geräusche. Es klang wie *houb-houb-houb,* fand Billie. Jedenfalls nicht wie ein gewöhnliches Klingeln. *May-Britt* stand auf dem Display, und ein runder Button mit einem Shetlandpony-Foto war zu sehen.

„Oma, dein Handy macht Geräusche wie ein Vogel!", sagte Billie.

„Ja, genau, wie ein Wiedehopf!", erwiderte Oma fröhlich und drückte auf den grünen Punkt unter dem Ponyporträt, um das Gespräch anzunehmen.

„Immelsen, hallo", sagte sie. Sofort hörte man am anderen Ende der Leitung May-Britts Stimme aufgeregt etwas erzählen. Oma fragte dazwischen: „Was sagst du da, meine Liebe? Bei einer Freundin von dir hat jemand nach einem Pferd gesucht? Ach so, *abhandengekommen,* soso. Das ist ja seltsam. Das kann sowohl gestohlen wie weggelaufen bedeuten, meinst du nicht? Wie? ... Was für ein Pferd wurde denn gesucht, ein Schimmel, Rappe, Fuchs? Weißt du nicht? Ach, wie schade ..."

Billie horchte auf, als sie das hörte. Es wurde ernst! Jemand suchte ein Pferd, und bestimmt war das die heulende Suse, und womöglich suchte sie Stüx!

„Frag doch mal, ob die Person Suse heißt und nach Parfüm riecht!", zischte sie Oma ins Ohr.

„Du weißt nicht zufällig, ob die Pferdesucherin Suse heißt und nach Parfüm müffelt?", fragte Oma folgsam in ihr Handy hinein und horchte. „Hm, weißt du nicht, verstehe." May-Britts Stimme sagte wieder etwas, wurde leiser und verstummte schließlich. „Hat sie keine Adresse oder Telefonnummer dagelassen?", fragte Oma. „Nein?" Oma schüttelte unwillig den Kopf. „Wie soll man sie denn dann benachrichtigen, wenn man etwas weiß?"

Oma trommelte inzwischen ungeduldig mit den Fingern auf dem Tisch. Dann sprach sie wieder mit May-Britt. „Wirklich, das würdest du tun? Das wäre phänomenal. Klar, wir können gleich welche machen. Kommst du vorbei? Ja? Super. Vielen Dank, bis gleich!"

„Was meinst du, *was* können wir machen?", fragte Billie aufgeregt, als Oma aufgelegt hatte.

Zur Erklärung nahm Oma ein Blatt Papier von einem Stapel auf dem Schreibtisch und schrieb oben auf das Blatt ZUGELAUFEN. Sie deutete darauf.

„Wir machen Steckbriefe! Darauf schreiben wir, dass ein buntes Pony aufgetaucht ist, und meine

Handynummer. Und diese Steckbriefe verteilt ihr mit May-Britt auf einer ihrer Shetty-Kutschenrunden in den Pferdeställen im Umkreis."

Billie sank das Herz in die Hose, als sie das hörte. „Aber dann weiß ja jeder, dass Stüx hier bei uns ist!", sagte sie ängstlich.

„Nein", sagte Oma beruhigend. „Wir schreiben ja nicht dazu, dass Stüx auf dem Bienenhof ist. Erst mal erfährt man nur eine Nummer und kann dort anrufen. Und ich passe schon auf, dass hier keine Ganoven auftauchen." Sie sah Billie aufmerksam an. „Ich sehe den Zwiespalt in dir, Billie. Du sollst einerseits herauskriegen, woher Stüx kommt und andererseits willst du es auf keinen Fall, weil du ihn nicht seinen Vorbesitzern zurückgeben willst."

Bei ihren Worten wurde Billies Herz noch ein bisschen schwerer.

Oma lächelte sie an und wuschelte ihr leicht über den Kopf. „Nun mach dir mal nicht so viele Sorgen. Am Ende wird alles gut. Und wenn es nicht gut wird, ist es noch nicht das Ende!" Sie zwinkerte. „Hat ein berühmter Schriftsteller gesagt. Und ich." Sie sah beide Mädchen an. „So! Jetzt brauchen wir noch ein Foto von Stüx. Machst du das mal mit deinem Apparat, Billie? Mein Handy ist jetzt leergequasselt, fürchte ich. Das braucht Strom."

Billie rannte nach oben in ihr Zimmer und holte ihr Handy. Als sie es von der Kommode nahm, bemerkte sie die Nachrichten von Mama, Papa und Raffa. Da hatte sich ja was angesammelt! Aber jetzt war nicht der Moment, um darauf zu antworten. Sie würde sich später darum kümmern.

Sie rannte wieder hinunter und schob Stüx aus dem Türrahmen. Sie brauchte Platz, um ihn überhaupt aufs Bild zu bekommen. Das ging draußen am besten. Sie machte ein Foto und schickte es an

Gimmelsen@Biene.de. Ein *Ping!* kam aus Omas Laptop, und schon war das Bild angekommen und erschien auf dem Monitor. Oma tippte noch den Text darunter. Das sah dann so aus:

Dann druckte sie das Ganze so oft auf ihrem Drucker aus, bis ein ordentlicher Stapel zusammengekommen war.

26. Weiter geht die Suche

Oma drückte Billie und Jenny je eine Hälfte des Stapels in die Hand und suchte nach Klebeband und einer Schere, da war von draußen schon Hufgetrappel und Wiehern zu hören.

„Das ist May-Britt mit Herbie und Louie!", sagte Jenny.

Sie liefen hinaus. Die Shetty-Kutsche bog soeben in einer eleganten Kurve auf den Sandplatz und kam vor dem Haus zum Stehen.

„Hallo, ihr Lieben", rief May-Britt munter. „Wollen wir gleich los?"

Eine Kutschfahrt! Die wollte Billie auf keinen Fall ablehnen. Sie kletterte mit Jenny auf die Kutsche.

„Du musst aber hier auf dem Hof bleiben!", sagte sie zu Stüx. „Passt du auf ihn auf, Oma?"

„Ehrensache", sagte Oma und fasste Stüx, der neugierig die beiden Shetlandponys beschnupperte, sanft, aber fest am Halfter. Mit ihrer freien Hand winkte sie Billie und Jenny zu. „Viel Erfolg!"

May-Britt schnalzte mit der Zunge, und schon zogen die beiden Shettys die Kutsche an. In flottem Trab ging es durch die Kastanienallee, vorbei am Bienenkorbdenkmal und vorbei auch am Forellenhof.

„Huhu, Mama!", rief Jenny einer Frau zu, die dort gerade mit einem Gartenschlauch die Blumen goss. Die Frau winkte fröhlich zurück. „Mach nicht zu viel Unsinn, Liebling!", rief sie noch, aber da waren sie auch schon vorbei.

May-Britt lachte. „Machst du sonst immer so viel Unsinn?", fragte sie Jenny.

„Nö", antwortete Jenny und grinste. „Das sagt sie immer zu mir, aus Tradition und vorsichtshalber. Und ich sage ihr das auch immer, damit es gerecht bleibt."

Aber Billie war plötzlich nicht mehr so guter Stimmung. Was machten sie hier eigentlich gerade? Steckbriefe aufhängen, damit Stüx wieder fortkam! Sie ließ den Kopf hängen.

„Heyhey", sagte May-Britt, die sie von der Seite beobachtete, „lass dich nicht unterkriegen, Billie! Wir hängen die Zettel auf, und dann wird man sehen."

Jaja, was wird man dann schon sehen?, dachte Billie wenig überzeugt. Wenn diese Suse oder Sonstwer auftauchte und bewies, dass Stüx ihm oder ihr gehörte, musste Stüx wieder weg. So funktionierte das doch bei Erwachsenen! Und dann?

„Deine Oma hat ganz bestimmt nicht vor, dein Pferdchen einfach wieder wegzugeben", sagte

May-Britt in ihre düsteren Gedanken hinein. „Ich kenne sie! Die hat einen Plan."

Billie sah sie erstaunt an. Meinte sie das etwa ernst? Der Schmerz in ihrer Herzgegend ließ eine Winzigkeit nach und machte einer vorsichtigen Aufregung Platz. Was, wenn May-Britt recht hatte?

Als sie sich einem Bauernhof näherten, auf dem es neben Kühen auch Pferde gab, ließ May-Britt die Ponys im Schritt gehen und hielt schließlich an. „Brrrr, Herbie und Louie!" Sie drehte sich zu den Mädchen um. „Ihr klingelt jetzt am Haus und fragt, ob wir einen von den Steckbriefen am Tor aufhängen dürfen. Da sehen ihn die Leute gleich, wenn sie zum Hof kommen, und die, die vorbeigehen, sehen ihn sogar von der Straße aus."

Das klang schlau. Billie und Jenny kletterten von der Kutsche und liefen mit ihren Zetteln in der Hand zur Tür des Bauernhauses. Ein Mann in Arbeitshose und Pullover öffnete.

„Moin!", rief Jenny. „Können wir einen Steckbrief an Ihrem Tor aufhängen?" Sie hielt einen der Zettel hoch. Der Mann betrachtete den Zettel, musterte die Kinder und nickte brummend.

„Jo, das macht man" sagte er. „Und viel Erfolg. Ein zugelaufenes Pony ... Was es alles gibt." Er schüttelte den Kopf. Dann sah er May-Britt und die

Shetty-Kutsche. „Moin!“, rief er und winkte. May-Britt winkte zurück.

Den Steckbrief befestigten Billie und Jenny in Windeseile mit Klebeband am Tor. Dann ging es weiter im Trab. Sieben Höfe in den umliegenden Dörfern klapperten sie auf diese Weise ab.

„Puh“, machte Jenny und wischte sich theatralisch die Stirn, „so langsam bin ich kaputt.“

Billie sah die Rolle mit dem Klebeband an. „Wir müssen sowieso aufhören. Uns gehen das Klebeband und die Pferdehöfe aus, oder?“

„Der einzige Hof im Umkreis, der jetzt keinen Zettel am Tor hat, ist der Bienenhof“, sagte May-Britt mit einem Grinsen.

„Stimmt – fällt das nicht auf?“, fragte Billie alarmiert.

May-Britt zuckte mit den Schultern. „Ach, ich glaube nicht. Dann müsste jemand schon alle Höfe abfahren und sich etwas dabei denken. Aber wenn du dir deswegen Sorgen machst, häng doch einfach noch einen Zettel an eurem Tor auf!“

27. Abwarten und Schorle trinken

Auf dem Rückweg nach Bienenkoog setzten sie Jenny am Forellenhof ab.

„Ich muss zum Mittagessen zu Hause auftauchen", sagte sie bedauernd. „Mein Fahrrad hole ich später bei euch ab." Und damit sprang sie von der Kutsche.

May-Britt lächelte Billie zu. „Jetzt müssen wir aber los, Herbie und Louie brauchen eine Pause. Ich bringe dich noch nach Hause." Billie nickte. Sie musste auch verschnaufen. Dieser Tag war bis jetzt schon aufregend genug gewesen.

Aber es sollte noch aufregender werden. Als sie am Bienenhof ankamen, wartete dort schon Oma vor der Werkstatt. Sie trug ihre Arbeitsmontur und hatte die Schweißermaske auf den Kopf geschoben.

„Man kommt ja zu nix in der Kunst", sagte sie gut gelaunt. „Kaum seid ihr weg gewesen, da klingelte das Telefon, Billie. Erst dein Vater, dann deine Mutter. Beide wollten wissen, wie es dir geht und so weiter, pipapo." Sie machte eine ungeduldige Handbewegung. „Heute Abend ist ein Videogespräch fällig!"

Billie kletterte von der Kutsche. Gleich beide Eltern haben angerufen, soso, dachte sie und erinnerte sich an die Nachrichten auf ihrem Handy.

„Habt ihr den Landkreis ausreichend mit Steckbriefen versorgt?", fragte Oma.

„Garantiert", sagte Billie, und May-Britt bestätigte das mit einem Daumen nach oben. Omas Einladung, noch etwas zu trinken, lehnte sie jedoch höflich ab.

„Nee, danke, lass man Gisela, die beiden wollen nach Hause und ihre Nasen in die Futterraufe stecken." Sie deutete auf Herbie und Louie, die deutlich ruhiger als noch vor zwei Stunden vor der Kutsche standen und nur ab und zu mit dem Schweif eine Fliege verscheuchten. „Wir gehen jetzt gemütlich im Schritt nach Hause, und dann kriegen sie frei für heute." Sie winkte und wendete die Kutsche auf dem Sandplatz.

Billie und Oma winkten zurück. „Tschüss, May-Britt, vielen Dank für alles! Wir halten dich auf dem Laufenden!", rief Oma, und „Jo, macht man!", rief May-Britt über die Schulter zurück.

Oma nahm die Schweißermaske ab und wandte sich an Billie und Lässi. „Aber ihr habt doch bestimmt auch so mörderischen Durst wie ich, oder?"

Und damit betraten sie das Haus, wo sich Billie und Oma ein Glas Apfelschorle genehmigten und

Lässi eine große Schüssel Wasser leer schlabberte. Das tat gut!

„Und was machen wir jetzt, Oma?", fragte Billie.

„Jetzt heißt es erst einmal abwarten und Schorle trinken. Oder reiten lernen", sagte Oma.

Billie verschluckte sich beinahe. Reiten lernen? Meinte Oma das etwa ernst?

„Na, was denkst du denn?", las diese mal wieder Billies Gedanken. „Ich mache mich ein bisschen frisch, und es gibt ein Häppchen Mittagessen. Und dann gehts los."

Frischmachen? Mittagessen? Also, dafür war Billie aber nicht zu haben. Das konnte doch wohl nicht wahr sein, dass Oma sie noch so lang auf die Folter spannen wollte!

Während Oma seelenruhig ihre Arbeitsklamotten gegen etwas Frisches wechselte, eilte Billie hinüber zur Apfelwiese, wo Stüx im Zweierpack mit Muck die Grasbüschel kürzte. Sie musste Stüx doch erst mal wieder begrüßen! Er hob den Kopf und wieherte leise, als er Billie sah. Sie umschlang glücklich seinen Hals und streichelte ihn.

Da hörte Billie ein fürchterliches Geräusch, das von der Kastanienallee kam. Es klang genauso wie der Motorroller der heulenden Suse. Billie und Stüx sahen sich erschrocken an. In Windeseile fasste

Billie einen Entschluss. Sie packte Stüx an der Mähne und führte ihn hinter das Haus.

„Ich will nicht, dass du wegmusst!", sagte sie leise. Und Stüx blubberte, wie zur Bestätigung. Billie zitterte vor Angst, aber sie zwang sich, vor dem Haus nachzusehen, wer sich dem Hof näherte. Doch der Sandplatz lag einsam und verlassen da. Es war ganz still, der Lärm war verebbt, nur die Blätter der Bäume wisperten leise im Wind. Billie wollte schon aufatmen, da sah sie, wie sich ein Schatten aus dem des Tyrannosaurus Rex löste und auf das Haus zukam.

„Guten Tag", sagte die heulende Suse.

Billie erstarrte vor Schreck, unfähig, sich zu rühren oder etwas zu erwidern. Diese verflixte Suse – sie war es wirklich! Sie hielt Billie einen der Steckbriefe vor die Nase und tippte mit dem Finger darauf. „Diese Telefonnummer, ist das hier?"

28. Panik auf dem Sandplatz

Entsetzt stand Billie da. Einen kleinen Moment, in dem die Suse auf eine Antwort wartete, war es still, dann hörte Billie Schritte um das Haus herumkommen. Oh nein, das durfte nicht wahr sein: Stüx suchte sie! *Klickedi-klick* machten seine kleinen Hufe auf dem harten Boden. Dann ging plötzlich alles rasend schnell. Stüx kam um die Hausecke, entdeckte die Suse mit dem Steckbrief und stutzte erschrocken. Die Suse kreischte: „Da ist er ja!" und rannte auf Stüx zu, während sie mit dem Steckbrief in der Hand herumwedelte und Parfümduft verströmte.

Billie öffnete den Mund, rief: „Stüx, nein!" und hob die Hand – aber da hatte sich Stüx schon auf den Hinterbeinen herumgeworfen und galoppierte mit wehendem Schweif und donnernden Hufen davon.

Gleichzeitig öffnete sich die Haustür, Oma stürzte heraus, rief: „Was ist hier los?" und erfasste die Situation sofort. Sie packte Billies Hand und lief mit ihr zur Scheune, wo unter einem Vordach ihr pistaziengrünes Auto stand.

„Steig ein!“, rief sie Billie zu und riss die Fahrertür auf. Der Autoschlüssel steckte, und der Wagen sprang sofort an, als Oma den Schlüssel drehte. Ab ging die Post! Die heulende Suse aber war ebenfalls zu ihrem Gefährt gerannt, und jetzt fuhr sie vor ihnen her.

„Oma, verfolgen wir die Suse oder Stüx?“

„Stüx natürlich. Festhalten!“, befahl Oma. Sie setzte den Blinker, trat das Gaspedal durch und überholte auf dem holprigen Pflaster der Allee die Suse auf dem Roller. Billie wurde kräftig durchge-

schüttelt. Als sie auf einer Höhe mit dem Roller waren, sah Billie hinüber. Die Suse funkelte sie wütend an. Unbehaglich wandte Billie den Blick ab.

„Düwel ook – was für ein Pferdeschreck", sagte Oma, die auch kurz geguckt hatte.

„Wo fahren wir hin, Oma?", fragte Billie.

„Erst mal Richtung See – oder ist er in die andere Richtung gelaufen?"

Billie schüttelte den Kopf.

„Gut, dann probieren wir es. Vielleicht können wir ihn vorher schon einfangen."

Draußen flog die Gegend an ihnen vorbei. Oma fuhr ein mörderisches Tempo.

„Was machen wir, wenn die Suse auch dahin kommt?", fragte Billie.

„Das weiß ich noch nicht – aber sie wird Stüx nicht kriegen. Dafür hat er ja schon selbst gesorgt!", antwortete Oma grimmig.

29. Die wilde Jagd

„Siehst du ihn?", fragte Oma, während sie den Wagen über die kleine Landstraße jagte.

Billie schaute durch das offene Fenster angestrengt in die Richtung, in die Stüx davongerannt war. Der Fahrtwind pustete ihr ins Gesicht. Hinter einem Hügel sah sie etwas Weißbraunes aufblitzen. „Da!", rief sie und zeigte Oma die Richtung an.

„Tatsächlich, das Pferdchen rennt zum See. Mal wieder den richtigen Riecher gehabt", lobte Oma sich selbst. Sie riss das Lenkrad herum und steuerte das Auto auf einen kleinen Pfad, der zum See führte. Zweige und hohe Gräser peitschten das Auto, und Billie musste aufpassen, dass sie nicht getroffen wurde. Zwischen dem Schilf auf einem Steg stand ein Mann und angelte.

„Da ist Momme", sagte Oma. „He, Momme!", rief sie aus dem Autofenster. „Hier kommt gleich ein Pferd vorbei, du musst uns helfen, es zu fangen!"

Der Mann blickte auf, und in dem Moment kam Stüx auch schon angaloppiert. Der Mann rannte vom Steg auf die angrenzende Uferwiese und breitete die Arme aus, um Stüx aufzuhalten. Und tatsächlich: Stüx verlangsamte seinen Lauf, aber als der Mann auf Stüx zuging, um ihn am Halfter zu greifen, riss das Pony den Kopf hoch und drehte ihm die Rückseite zu, machte einen wütenden Buckler und schlug mit den Hinterbeinen aus. Mit hoch erhobenem Schweif trabte Stüx davon. Weg war er.

„Düwel ook", sagte Oma zu Billie, „dein Pferdchen hat es ganz schön in sich!"

Billie schluckte. Dass Stüx so außer sich war, konnte sie gut verstehen, aber schön war es na-

türlich nicht, was er da gerade getan hatte. Sie überlegte.

„Oma, ich glaube, Stüx kennt den Mann", sagte sie. Oma wandte ihr den Blick zu. „Vielleicht hat der ihn mal angeschrien, und das hat Stüx Angst gemacht."

„Hm", machte Oma. „Momme ist kein Schreihals. Aber Stüx kam mir eben auch sehr komisch vor. Beim Klabauter! Da ist was im Busch." Sie lenkte das Auto wieder auf den Pfad und trat aufs Gaspedal. „Momme, behalte die Gegend im Auge!", rief sie dem Mann im Wegfahren zu.

Da schoss aus einem Seitenweg der mintfarbene Roller der heulenden Suse vor ihnen auf den Weg und nahm ihnen die Vorfahrt.

„Das gibts doch nicht!", rief Oma, „Wo kommt die denn her? Jetzt müssen wir sie schon wieder überholen."

Und Billie hielt sich fest. So einfach ging es mit dem Überholen diesmal aber nicht. Der schmale Weg, auf dem sie fuhren, war einfach nicht breit genug, um an der Suse vorbeizukommen. Und so brummten Oma und Billie wohl oder übel im langsamen Tempo des Motorrollers hinter der heulenden Suse her, bis, ja, bis sie Stüx erneut vor sich traben sahen. Immer noch schnau-

bend und aufgeregt den Kopf werfend lief er auf ein kleines Haus mit daran klebenden Stallungen zu.

„Er läuft zu May-Britt!", sagte Oma. „Das ist gut!"

Ja, das ist bestimmt gut, dachte Billie. Vor May-Britt, Herbie und Louie wird er nicht weglaufen.

30. Im Pony-Hafen

Die Haustür öffnete sich, und May-Britt kam herausgelaufen, um nach dem Rechten zu sehen.

„Pferdeleute kriegen es einfach mit, wenn ein Pferd allein unterwegs ist", sagte Oma.

Stüx lief May-Britt direkt in die Arme.

„Brrrr!", machte May-Britt. „Alles ist gut, hier bist du richtig." Stüx musterte sie und beruhigte sich dann langsam. Er scharrte noch ein bisschen mit dem Huf am Boden und senkte schnaubend den Kopf, aber May-Britt hatte ihn am Halfter gepackt.

„Das ist also Stüx?", sagte sie, während Oma und Billie aus dem Wagen kletterten und die heulende Suse von ihrem Roller abstieg.

„Ja!", sagte Billie.

„Nein! Das ist Naseweiß!", rief die Suse.

Als Stüx die Suse sah, zerrte er die arme May-Britt fast vom Hof und wollte gleich wieder durchbrennen. Aber May-Britt war stark. Sie hielt Stüx energisch fest und wehrte die Suse ab, als sie näherkommen wollte.

„He, Sie, der hat ja Angst vor Ihnen! Bleiben Sie mal ein Stück weg. Wer sind Sie überhaupt? Und was ist hier eigentlich los?"

„Das ist *mein* Pony!", sagte die Suse mit schriller Stimme und ein Wölkchen Parfümduft löste sich von ihr.

„Nein!", rief Billie ängstlich. Jetzt ist es so weit, dachte sie panisch, die Katastrophe!

„Moment mal", schaltete sich da Oma ein. „Können Sie das beweisen? Haben Sie einen Pferdepass? Und wieso will das Pony dauernd vor Ihnen wegrennen?"

Die Suse sah sie unsicher an. „Den Pferdepass habe ich nicht hier", sagte sie. „Aber es ist mein Pony, ich habe es bei einer Auktion gekauft."

Da kam Bauer Miesmann um die Ecke geradelt, sah die kleine Versammlung und wollte gerade mit einem Nicken weiterfahren, aber Oma winkte ihn herbei. Zögernd kam er näher. Billie beobachtete ihn misstrauisch.

„Ich möchte nicht nerven, aber können wir das Gespräch vielleicht woanders und ohne Pony an meiner Hand fortsetzen?", unterbrach May-Britt. „Ich kann es nicht mehr lange halten. Und in meinem Stall ist leider kein Platz für noch ein Pony. Wir müssen es woanders unterbringen. Ist bei Momme im Stall nicht eine Box frei?", fragte sie harmlos.

„Was denn, bei Momme? Bei dem ist doch alles belegt", sagte Oma ebenso harmlos.

„Aber dort ist doch seine Box!", sagte die Suse. „Die Box von Naseweiß! Ich habe sie für ihn gemietet."

Bei diesen Worten bekam Bauer Miesmann feuerrote Wangen. „Gemietet? Dass ich nicht lache!", sagte er ärgerlich. „Ihr Pony eingestellt und nie die Miete bezahlt hat sie!"

„Moment mal, Momme, sagtest du nicht, bei dir fehlt kein Pferd im Stall?", fragte Oma, jetzt etwas weniger harmlos. Momme Miesmann musste plötzlich husten.

„Und wieso haben Sie die Boxenmiete nicht bezahlt?", wandte sich Oma an die Suse.

„Wollte ich doch", jammerte die Suse. „Aber dann hat mein Chef mir plötzlich gekündigt, und ich habe kein Gehalt mehr bekommen." Sie sah jetzt sehr unglücklich aus. Momme Miesmann verschränkte die Arme vor der Brust. „Und dann hat Herr Miesmann gleich so schrecklich herumgebrüllt", fuhr die Suse anklagend fort.

„Ha, von wegen gleich", knurrte Momme Miesmann, „drei Monate ging das so!"

„Aber gebrüllt hast du schon, höre ich da heraus", sagte Oma. Momme verschloss missmutig sein Gesicht und schwieg wie eine Auster.

„Ja, hat er!", nörgelte die Suse mit hoher Stimme. „Und er hat Naseweiß davongejagt."

Wie bitte?, dachte Billie. Das geht ja gar nicht!

„Habe ich nicht!", sagte Momme Miesmann jetzt empört. Oma, May-Britt und Billie sahen ihn an. „Die Tür der Box war offen, weil jemand sie nicht richtig zugemacht hat." Er sah die Suse böse an. „Und als die Dame zum Reiten gekommen ist, habe ich mal Klartext geredet."

„So laut, dass das Pony abgehauen ist?", fragte

Oma dazwischen. Wieder schwieg Momme. „Das Pferdchen hat schreckliche Angst vor dir und der Dame dort." Oma deutete auf die Suse. „Ihr müsst ihm mit eurem Geschrei einen ganz schönen Schrecken eingejagt haben."

Stüx, der mit gespitzten Ohren an May-Britts Hand in etwas Entfernung stand, schnaubte ärgerlich. Billie sprach beruhigend auf ihn ein und streichelte seinen Hals.

„Dauernd geschimpft hat er!", rief die Suse verärgert.

„Das Pferd hat sich einfach vorbeigedrängelt und ist weggelaufen", sagte Momme. „Ich konnte es nicht mehr erwischen. Und dann war es weg."

„Aber warum hast du das denn nicht erzählt, als ich dich angerufen habe?", fragte Oma erstaunt.

„Das ging einfach nicht", sagte Momme. „Dass aus meinem Stall ein Pferd wegläuft, undenkbar!" Es war offensichtlich, dass es ihm furchtbar peinlich war. Oma schüttelte den Kopf.

„Leute, könnt ihr mal zum Schluss kommen?", sagte May-Britt. „Wo soll das Pony denn nun hin?" Sie zwinkerte Billie heimlich zu. „Es ist klar, dass es nicht zu Momme in den Stall und auch nicht zu seiner Vorbesitzerin zurückwill, oder?"

Die Suse wollte widersprechen und streckte die

parfümierte Hand nach Stüx aus. Aber der drehte sich entsetzt weg. Er hatte seine Wahl getroffen! Billie legte beruhigend eine Hand auf seinen Hals, und Stüx schnüffelte liebevoll an ihren Haaren.

„Also, ich will den Satansbraten ohne Miete auch nicht haben", knurrte Momme.

„Aber ich!", rief Billie. „Und wir haben auch eine Box für ihn. Stimmts, Oma?" Sie sah Oma Gisela flehend an.

Die nickte. „Haben wir, min Deern."

„Na also!", sagte May-Britt und gab Billie den Führstrick, den sie irgendwo hergezaubert und blitzschnell an Stüx' Halfter festgemacht hatte. „Damit löse ich die Versammlung auf!"

Oma wandte sich an die Suse. „Ich glaube, das ist vorerst die beste Lösung, meine Liebe. Wir besprechen gleich in Bienenkoog bei einer Tasse Tee, was wir mit dem Pony machen. Einverstanden?"

Die Suse nickte, aber sie war höchstens mittelmäßig einverstanden. Doch was blieb ihr anderes übrig? Stüx wollte jedenfalls nicht mit ihr mitgehen, sondern schmiegte sich an Billie.

31. Ab die Post zum Bienenhof

Während Oma das pistaziengrüne Auto startete, stieg die Suse wieder auf ihren Motorroller und setzte ihren Helm auf. Momme Miesmann wollte unauffällig davonschleichen, aber Oma hielt ihn zurück. „Du!", rief sie. „Mit dir habe ich noch ein Hühnchen zu rupfen!" Momme sah sie ängstlich an. „Du hast so gebrüllt, dass das Pferd scheu geworden ist! Und mich angelogen!", schimpfte Oma. „Beim Klabauter, so geht das nicht!" Sie sah wütend aus.

„Hm", machte Momme ratlos und etwas dümmlich. „Und nun?"

„Und nun versprichst du mir hoch und heilig, dass so etwas nie wieder vorkommt. Kein Brüllen und kein Lügen mehr. Verstanden?"

„Verstanden", sagte Momme artig. „Und versprochen auch", fügte er schnell hinzu, weil er sah, dass Oma noch einmal Anlauf nahm, um zu schimpfen.

„Gut!", sagte Oma, sofort wieder milde gestimmt. „Dann hätten wir das geklärt."

Nun sah sie Billie und Stüx an. „Ihr beide geht jetzt zu Fuß mit May-Britt zurück zum Bienenhof." May-Britt nickte zustimmend. „Dann kühlt er schön ab", sagte sie mit Blick auf Stüx, der von seinem wilden Galopp verschwitzt war.

„Ich fahre vor und mache Tee", sagte Oma. Und damit bretterte sie los und überholte hurtig die Suse auf dem Roller.

Als Billie und Stüx mit May-Britt auf dem Bienenhof ankamen, stand der mintgrüne Motorroller auf dem Sandplatz, und Oma hatte schon Tee gemacht, wie versprochen. Es duftete nach Kuchen. Durch das Küchenfenster sah Billie die Suse drinnen am Tisch sitzen. Sie wirkte inzwischen ganz entspannt. Kein Wunder, dachte Billie. Oma plauderte einfach jeden freundlich unter den Tisch, wenn sie wollte.

„Ah", machte Oma, als sie Billie draußen entdeckte. „Bring dein Pferdchen erstmal in den Stall, und dann komm zu uns."

Das tat Billie. Als sie mit Stüx den Stall betrat, lief er sofort in seine Box und trank durstig an der Tränke. Billie nahm ihm das Halfter ab. „So, Stüxi", flüsterte sie ihm ins Ohr, „jetzt geht es um die Wurst!"

Stüx stupste sie heftig mit der Nase an, ganz wie zu Beginn ihrer Freundschaft. Aber dieses Mal fiel Billie nicht um. Sie wuschelte ihm durch den Schopf und ging hinüber zum Haus, wo Oma und die Suse um die Entscheidung über Stüx ringen würden.

„Billie, ich haue ab", sagte May-Britt, die noch draußen stand. „Ich hab zu tun, und das, was ihr besprecht, ist privat. Ich wünsche dir viel Glück! Komm uns bald mal drüben besuchen."

Sie klopfte Billie freundschaftlich auf die Schulter und machte sich davon, mit dem üblichen Winken durchs Fenster, Richtung Oma.

32. Die Entscheidung

Billie setzte sich an den Tisch, und Oma legte ihr ein Stück Kuchen auf den Teller. Auch die Suse und sie selbst hatten Kuchen vor sich stehen.

„So, liebe Suse", begann Oma und piekte mit der Kuchengabel in ihren Kuchen. „Nun erzählen Sie uns doch mal, wie es kommt, dass das Pony solche Angst vor Ihnen hat." Jetzt wirkte die Suse nicht mehr so sicher wie gerade auf May-Britts Hof.

„Am Anfang war das nicht so", sagte sie. „Aber mit der Zeit ist er immer wilder geworden, wenn ich in den Stall gekommen bin." Kein Wunder, dachte Billie, bei dem Parfümgeruch!

Die Suse seufzte tief. „Vielleicht passen wir einfach nicht zusammen", sagte sie traurig. „Und leisten kann ich mir ein Pferd jetzt ja leider auch nicht mehr." Sie sah Billie an. „Du und Naseweiß, ihr habt euch richtig gefunden, stimmts?"

Billie wurde feuerrot. „Ja", sagte sie wahrheitsgemäß. „Stüx und ich verstehen uns telepathisch." Sie fühlte sich ungeheuer stolz, als sie das sagte, und zugleich schlecht, weil die Suse deswegen so traurig aussah.

„Nun", meldete sich Oma vorsichtig zu Wort.

„Wenn das so ist, kann ich helfen!" Sie machte eine kleine Pause und ließ ihre Ankündigung wirken. „Ich mache Ihnen einen Vorschlag: Verkaufen Sie mir das panische Pony, das sich in meine Enkelin verliebt hat, und lassen Sie es einfach hier, wo es sich wohlfühlt. Damit lösen sie Ihr Geldproblem und erleichtern Ihr Leben fürs Erste. Über den Preis werden wir uns schon einig. Und zweitens machen Sie zwei kleine Personen sehr, sehr glücklich. Was halten Sie davon?"

Sie säbelte noch ein Stück Kuchen ab und schob es der Suse honigsüß lächelnd auf den Teller. Das ist Bestechung, dachte Billie. Aber wenns funktioniert ...

Die Suse dachte nach, während sie ohne zu essen in ihrem Kuchen herumstocherte. Oma ließ sie ganz in Ruhe und machte Billie ein Zeichen, die Suse ja nicht zu stören. Entscheidungen brauchten ihre Zeit. Aber Billie platzte beinahe vor Ungeduld und Aufregung. Oma wollte Stüx für sie kaufen! Das war einfach überwältigend.

Nach geraumer Zeit hörte die Suse mit dem Kuchenstochern auf und sah Oma und Billie nacheinander an. „Ich glaube, Sie haben recht, Frau Immelsen", sagte sie leise. „Ich lasse Naseweiß hier bei Ihnen auf dem Hof, und bei Billie." Sie putzte sich umständlich die Nase.

Stüx, dachte Billie, er heißt Stüx! Aber sie sprach es nicht aus. Sie wollte die Suse auf keinen Fall kränken, jetzt, wo die sich durchgerungen hatte, Stüx in Bienenkoog zu lassen.

Oma nahm die Hände der Suse in ihre. „Ich danke Ihnen, meine Liebe", sagte sie freundlich. „Sie werden sehen, es wird sich alles finden. Bestimmt gibt es über kurz oder lang ein anderes Pferd für Sie, mit dem Sie sich prima verstehen. Oder Sie finden ein schönes anderes Hobby." Oh, das war aber mal ein Wink mit dem Zaunpfahl, dachte Billie.

Die Suse erhob sich. „Ich werd dann mal", sagte sie. „Es war ein anstrengender Tag."

Billie und Oma begleiteten sie zu ihrem Roller. „Bis morgen Vormittag, in Ordnung?", sagte Oma.

Die Suse nickte. „In Ordnung, ich rufe Sie an. Die Nummer habe ich ja."

„Heißen Sie eigentlich wirklich Suse?", fragte Billie.

„Nein", sagte die Suse. „Das steht nur auf dem Roller. Das Modell heißt *Sausende Suse*. Ich heiße Pamela." Und damit fuhr sie davon.

„Eine nette Person", sagte Oma. „Nur das Parfüm und das mit den Pferden sollte sie lieber sein lassen."

Genau wie Oma gesagt hatte, war an diesem Abend ein Videoanruf mit Billies Eltern fällig. Erst mit Mama in Kanada und dann mit Papa in Hamburg. Es tat so gut, sie zu sehen, auch wenn sie nur klein auf Omas Laptop erschienen. Aber endlich konnte Billie ihnen von Stüx erzählen. Aufgeregt berichtete sie alle ihre Abenteuer von Anfang an. Oma erklärte geduldig zweimal nacheinander, dass Stüx auf dem Bienenhof wohnen würde, solange er wollte. Mama staunte, und Papa kündigte an, jetzt wirklich bald nach Bienenkoog zu kommen. Als Billie das hörte, freute sie sich. Dann würde sie ihm Stüx vorstellen! Ihr eigenes Pony! Und vielleicht, vielleicht konnte sie ihm dann sogar schon etwas vorreiten.

Bevor es dunkel wurde, lief Billie noch einmal in den Stall und erzählte Stüx von ihren Eltern. „Papa will zu Besuch kommen", sagte sie, während Stüx aufmerksam die Ohren auf sie richtete. „Du wirst ihn mögen. Mama auch. Aber die kommt erst später, die ist in Kanada und renoviert ein Blockhaus." Billie überlegte. Was wäre bloß gewesen, wenn sie mit Mama nach Kanada geflogen wäre? Dann hätten Stüx und sie sich ja nie kennengelernt! Ein schrecklicher Gedanke. Billie konnte sich schon fast nicht mehr erinnern, wie das Leben vorher, ohne Bienenkoog und Stüx und Oma, gewesen war.

Sie senkte ihre Nase in Stüx' Wuschelmähne. Morgen würde Oma ihr zeigen, wie man reitet, genauso locker, wie sie es in ihren Träumen immer gesehen hatte. Und beinahe die gesamten Ferien lagen noch vor ihr! Das Leben war doch einfach wunderbar.

Dorothée Böhlke

studierte Illustration und Kommunikationsdesign in Hamburg. Sie ist erfolgreich als freischaffende Illustratorin tätig und hat unter anderem die Reihe *Bobo Siebenschläfer* bebildert. Sie liebt schöne Bücher, Kunst – und Tiere, besonders Pferde! Wenn sie nicht am Zeichentisch sitzt, treibt sie sich gern mit dem Fahrrad in der Natur herum und hält Ausschau nach neuen Geschichten.

Billie und Stüx' aufregendes Sommerferien-Abenteuer gibt es auch als Hörbuch

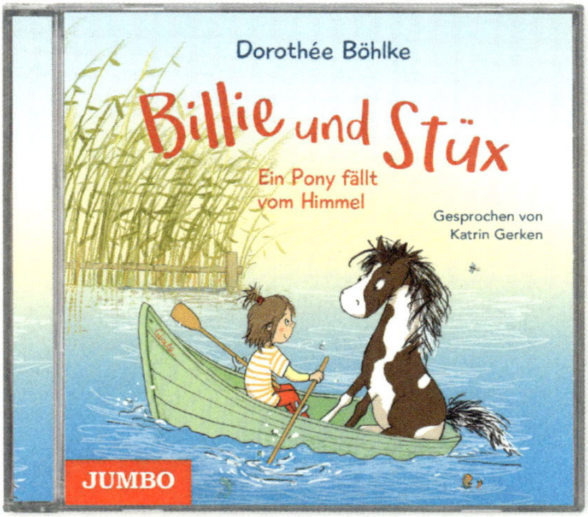

CD ISBN 978-3-8337-4625-3

Das Hörbuch *Billie und Stüx. Ein Pony fällt vom Himmel* ist im JUMBO Verlag erschienen und im Handel erhältlich. Ponystark gesprochen von **Katrin Gerken**.

Katrin Gerken

ist Schauspielerin am Altonaer Theater in Hamburg. Nach ihrer Ausbildung an der Stage School of Dance & Drama in Hamburg folgten Engagements unter anderem in Zürich, Basel und Berlin. Katrin Gerken ist eine der profiliertesten Hörbuchsprecher*innen Deutschlands.